日語必備工具叢書

Plus+

新版

賞中日時事對照用語

蘇定東　編著

鴻儒堂出版社發行

再版序

台日一衣帶水，無論從地理上或歷史上都有著深厚的淵源。然而，雖說台灣學習日語的人口衆多，但真正瞭解日本政經、社會、文化等對日專才，好像又不是那麼多。筆者以為要真正瞭解一個國家的終南捷徑，最簡便的方法即是透過該國的報章雜誌或媒體直接掌握第一手資訊。同樣的，要將本國的社會動態及政經情勢向外籍人士介紹時，倘無法掌握相關時事用語，就無法進行直接有效的溝通，並讓外人瞭解台灣的真實情況。

本書「新版常見中日時事對照用語」，即是在希望能滿足學習者此一需求下應運而生。本書之所以冠上「新版」兩字，乃因本書在2008年時，業經鴻儒堂出版社出版。如今重新改版增補最近出現的單字及用語，希望能以嶄新的面貌重出江湖，以作為學習者的參考。

本書主要將國內外時事新聞中常見的語彙，以中、日文對照的方式羅列編排，並對語意上易造成混淆的單字佐以例句，用以加深學習者的印象。本書純粹是為國內學習者量身打造，希冀學習者能活用書中語彙，對國內外的政經時事能有更深入的瞭解，開拓自己的國際視野。

本書「新版常見中日時事對照用語」，共分政治、社會、經貿、國際、軍事、產業科技、環保技術、醫療美容、文化休閒、俚語俗語、成語、典故，以及國際媒體上常出現的人名、地名、機構、品牌、科技公司名稱等單元。其中，某些單字或用語，儘可能將類似語彙或相關用法彙整，以方便學習者能將相關語彙一網打盡，建立屬於自己的單字網絡及資料庫。此即筆者向來主張，記單字倘能以「連想ゲーム」的方式，將相關的單字或字形、字義相近的語彙整理背誦，不但效率奇佳，且可節省時間並加深印象。另外，本書為吸引學習者興趣及放鬆情緒，特於不同段落忝附中日對照的「網路笑話」，用以提升學習者的學習興致。

有志於口筆譯工作的人都知道，進入該行業最欠缺的就是各種不同領域的單字量不足，因此各種不同領域的專門用語都要能有所涉獵，建立龐大的單字庫，而且還要能彼此串連，形成單字網絡，才有可能勝任此一工作。因此，讀者或許可將本書定位為中日口筆譯的入門書。如上所言，倘本書能提供有志於口筆譯工作者或日語學習者些許參考價值，則筆者亦覺與有榮焉。

最後，本書「新版常見中日時事對照用語」能順利增補再版，除渥蒙鴻儒堂出版社黃成業社長的大力支持外，還要特別感謝編輯部同仁的細心核對及校稿，才能以新的面貌重出江湖。謹藉書面一隅，謹表由衷感謝之意。

蘇定東謹識

2021年3月　台北

目錄

第一篇

常見政治時事用語篇

【中文】	【日文】
◎ 請辭	辞表提出（じひょうていしゅつ）、辞任（じにん）
◎ 慰留	慰留（いりゅう）
◎ 留任	留任（りゅうにん）
◎ 讓利	利益（りえき）を譲（ゆず）る

包括胡錦濤、溫家寶在內的中國領導人再三表示，預定簽署的兩岸經貿合作架構協定（ECFA），將會充分考慮台灣農民及勞工的權益，提出所謂的讓利說。

胡錦濤（こきんとう）、溫家寶（おんかほうし）氏などを含（ふく）む中国（ちゅうごく）の指導者部（しどうしゃぶ）は、締結（ていけつ）される予定（よてい）の両岸経済協力枠組み（りょうがんけいざいきょうりょくわくぐみ）協定（きょうてい）（ECFA）は、台湾（たいわん）の農民（のうみん）や労働者（ろうどうしゃ）の権益（けんえき）を十分（じゅうぶん）に考慮（こうりょ）する、いわゆる台湾（たいわん）に利益（りえき）を譲（ゆず）るということを重（かさ）ねて表明（ひょうめい）した。

| ◎ 跳板 | ステップボード、跳躍台（ちょうやくだい） |

例 ECFA的簽署，為加速亞洲地區的經濟整合邁出重要的一大步，今後台灣的存在價值將受到亞太地區及國際社會更多重視，台灣有可能成為各國企業赴大陸投資的跳板。

ECFAはアジア地域の経済統合を加速させる大きな一歩であり、今後、台湾の価値はアジア太平洋地域および国際社会においてさらに大きく重視されることになり、台湾は各国企業が中国大陸へ進出するためのステップボードになっていく可能性はある。

◎ 蹺蹺板（拉鋸戰）　シーソーゲーム

◎ 民粹　ポピュラリティー

◎ 民粹主義　ポピュリズム、大衆迎合主義

◎ 民粹主義者　ポピュリスト

◎ 煽動式政客　デマゴーグ（扇動政治家）

◎ 彈劾　弾劾

例 監察院日前通過對檢察總長的彈劾案。

監察院はこの間、検察総長に対する弾劾案を採択した。

◎ 罷免　罷免、リコール

◎ 瀆職　職務怠惰

◎ 弊案　不正疑惑

◎ 貪瀆　汚職

◎ 肅貪　汚職撲滅、汚職追放

◎ 提名　指名、ノミネート

例 總統提名○○○出任下一任的檢察總長。

総統は○○○氏を次期検察総長に指名した。

◎ 美牛　　米産牛肉

◎ 萊豬　　ラクトパミンの使用に飼育された豚肉

◎ 瘦肉精（萊劑）　　ラクトパミン

例 美國輸台的牛肉被檢出含有瘦肉精。

アメリカの台湾向け輸出した牛肉にはラクトパミンが検出された。

◎ 毒澱粉(順丁烯二酸酐)　　無水マレイン酸

◎ 地溝油　　地溝油、廃油ラード

◎ 孔雀綠　　マラカイトグリーン

例 食藥署日前從甲魚身上檢驗出致癌物質孔雀綠。

この間、食品薬物管理署はすっぽんから発癌性物質マラカイトグリーンを検出した。

◎ A咖　　大物、Aクラスの人物

◎ C咖　　三流の人物、Cクラスの人物

例 媒體報導四次江陳會期間，海基會人員稱台灣政黨領袖會見大陸海協會會長陳雲林是「A咖對C咖」，馬英九總統昨天主動表示，這種說法「非常不妥」，對陳雲林很不尊重。

マスメディアの報道では、第四回両協会のトップ会談の期間中には、海峡交流基金会のスタッフは台湾政党のリーダーたちが大陸の海峡両岸交流協会の陳雲林会長に会見するのが「大物対三流の人物」との会見であると揶揄した。このような言い方に対して、馬英九総統は昨日、主動的に、このような言い方は「非常に不適切だ」、陳雲林氏に対して失礼だと表明した。

◎ 內鬥（內鬩）　　内輪もめ、内乱

◎ 入聯　　　　　　　国連加盟〔こくれん かめい〕

◎ 返聯　　　　　　　国連復帰〔こくれんふっき〕

 民進黨總統候選人謝長廷公開呼籲，入聯、返聯公投都應該支持讓它通過。

民進党〔みんしんとう〕の総統候補者〔そうとうこうほしゃしゃちょうていし〕謝長廷氏は、公開的〔こうかいてき〕に国連加盟〔こくれんかめい〕と国連復帰〔こくれんふっき〕をめぐる国民投票〔こくみんとうひょう〕は、ともに支持〔しじ〕すべきで、通過〔つうか〕させるよう〔よ〕と呼びかけた。

◎ 慘敗　　　　　　　慘敗〔ざんぱい〕

◎ 敗選　　　　　　　敗戦〔はいせん〕

◎ 狂勝（壓倒性勝利）　圧勝（大勝）〔あっしょう（たいしょう）〕

 這次立委選舉，民進黨獲得壓倒性的勝利。

今回〔こんかい〕の立法委員選挙〔りっぽういいんせんきょ〕は、民進党〔みんしんとう〕が圧倒的〔あっとうてき〕な勝利〔しょうり〕を得〔え〕た。

◎ 反敗為勝（逆轉勝）　逆転勝利〔ぎゃくてんしょうり〕

◎ 切割　　　　　　　切り離す〔きはな〕

◎ 族群　　　　　　　エスニックグループ

 台灣一到選舉，政客就操弄族群問題。

台湾〔たいわん〕は選挙〔せんきょ〕になると、政客〔せいかく〕はエスニックグループの問題〔もんだい〕をもてあそぶようになる。

◎ 奧步　　　　　　　汚い手段〔きたな しゅだん〕、奧の手〔おく て〕

 快到選舉，選舉奧步就層出不窮。

選挙〔せんきょ〕に近づいて〔ちか〕、選挙〔せんきょ〕の汚い手段〔きたな しゅだん〕が相次いで〔あいつ〕出てくる〔で〕。

◎ 矮化　　　　　　　矮小化〔わいしょうか〕

◎ 平反　　　　　　　名誉回復〔めいよかいふく〕

◎ 公投　　国民投票、住民投票
こくみんとうひょう　じゅうみんとうひょう

◎ 結盟　　結盟、連合
けつめい　れんごう

◎ 選戰　　選挙戦
せんきょせん

◎ 賄選　　買収選挙、不正選挙
ばいしゅうせんきょ　ふ せいせんきょ

◎ 補選　　補欠選挙
ほ けつせんきょ

◎ 初選　　予備選挙
よ び せんきょ

◎ 直選　　直接選挙
ちょくせつせんきょ

◎ 選民　　有権者
ゆうけんしゃ

◎ 輔選　　選挙運動に協力する
せんきょうんどう　きょうりょく

◎ 搖擺洲　　接戦州、スイングステート

例 美國幾個搖擺洲的選票，將決定誰入主白宮寶座。

米国、いくつかの接戦州の選挙票は誰がワイトハウスの座につく
べいこく　　　　　　せっせんしゅう　せんきょひょう　だれ　　　　　　　　　　　ざ

ことを決める。

◎ 選舉人團　　選挙人
せんきょにん

◎ 贏者通拿　　勝者総取り
しょうしゃそう ど

◎ 總統大選　　総統選（大統領選挙）
そうとうせん　だいとうりょうせんきょ

◎ 國會改選　　総選挙
そうせんきょ

◎ 期中選舉　　中間選挙
ちゅうかんせんきょ

例 歐巴馬總統所屬的民主黨在期中選舉慘敗。

オバマ大統領所属の民主党が中間選挙で大敗した。
だいとうりょうしょぞく　みんしゅとう　ちゅうかんせんきょ　たいはい

◎ 六都選舉　　六大都市市長選挙
ろくだい と し し ちょうせんきょ

◎ 合併選舉　　ダブル選挙

例 中選會日前決定，2012年的總統和立委將合併進行選舉。

中央選挙委員会はこのほど、2012年の総統選と立法委員選挙はダブル選挙を行うことになると決定した。

◎ 縣市長選舉　統一地方首長選

【中文】　【日文】

◎ 樁腳　票集めに走る人たち

◎ 綁樁　足場固め

◎ 拔樁　引き剥がし

◎ 造勢　気勢を上げる

例 動員支持者參與選舉造勢活動。

支持者を動員して選挙の気勢を上げる運動に参与させる。

◎ 抬轎　選挙協力者

例 總統公開提到，明年的總統大選「抬轎的要聽坐轎的」。

総統は公の場において、来年の総統選は選挙協力者は候補者の意見を聞かなければならないと言及した。

◎ 坐轎　候補者

◎ 連任　再選

◎ 罷工　スト、ストライキ

◎ 拒馬　バリケード

◎ 封鎖　閉鎖

例 道路被封鎖。

道路が閉鎖された。

◎ 淨空　　退去させる

例 道路淨空。

道路に人員を退去させる。

◎ 翻盤　　逆転

例 只要沒有發現大量作票的新證據，極難出現在野黨所期待的翻盤現象。

大量の票の不正操作など新たな証拠が見つからない限り、野党陣営による「逆転劇」は起こりそうもない。

◎ 翻版　　二番煎じ

◎ 威權　　カリスマ性

例 繼任總統不具有李登輝之威權性格。

後任の總統は李登輝氏のようなカリスマ性をもっていない。

◎ 威信　　プレステージ、威信

◎ 誠信　　善意誠実

◎ 杯葛　　ボイコット

◎ 徵召　　出馬要請

例 民進黨徵召李應元角逐臺北市長寶座。

民主進歩党は李應元氏に台北市長選に出馬要請した。

◎ 黑馬　　ダークホース

◎ 暴民　　暴徒化する

◎ 斡旋　　斡旋

◎ 挑釁　　挑発

◎ 縣長　　県知事

◎ 州長　　州知事

◎ 門檻　　ハードル

例 修改憲法的門檻過高。

憲法改正のハードルは高すぎる。

◎ 備胎　　キープリング

例 ○○○被視為是總統大選的備胎人選。

○○○氏は総統選のキープリングと見られている。

◎ 組閣　　組閣

◎ 倒閣　　内閣への不信任案、倒閣

◎ 政變　　クーデター

◎ 下臺　　下野

◎ 覆議　　再審議

例 向立法院提出覆議案。

立法院に再審議案を提出した。

◎ 院會（立法院）　　本会議

◎ 撤換　　更迭

例 内政部長突遭撤換。

内政部長は急に更迭された。

◎ 抹黑　　ネガティブキャンペーン、中傷合戦

◎ 糖衣　　オブラード

包藏「一國」的毒藥糖衣，粉飾「兩制」的禍心。

「一国（いっこく）」の毒薬（どくやく）をオブラードに包んで「二制度（にせいど）」の腹黒（はらぐろ）いたくらみを粉飾（ふんしょく）する。

◎ 創制　　　　　　法制定（ほうせいてい）

◎ 複決　　　　　　法案に対する審査（ほうあん　たい　しんさ）

◎ 說帖　　　　　　説明書（せつめいしょ）

◎ 口誤　　　　　　失言（しつげん）

◎ 簡報　　　　　　ブリーフィング、プレゼンテーション

◎ 政見　　　　　　政見（せいけん）

◎ 廢票　　　　　　無効票（むこうひょう）

◎ 鐵票　　　　　　組織票、固定支持票（そしきひょう　こていしじひょう）

◎ 固票　　　　　　票固め（ひょうがた）

◎ 票倉　　　　　　票田（ひょうでん）

 中南部是民進黨的票倉。

中南部（ちゅうなんぶ）は民進党（みんしんとう）の票田（ひょうでん）だ。

◎ 做票　　　　　　票の操作、ごまかし（ひょう　そうさ）

◎ 配票　　　　　　票の振り分け（ひょう　ふ　わ）

◎ 票匭　　　　　　投票箱（とうひょうばこ）

◎ 支票　　　　　　小切手（こぎって）

◎ 郵票　　　　　　切手（きって）

◎ 爭議票　　　　　疑問票（ぎもんひょう）

◎ 游離票　　浮動票（ふどうひょう）

◎ 賭爛票　　でたらめ投票（とうひょう）

◎ 定期票　　定期券（ていきけん）

◎ 芭樂票（空頭支票）　　空手形（からてがた）

◎ 旅行支票　　トラベラーズチェック

◎ 投票表決　　票決（ひょうけつ）

◎ 二輪投票　　決選投票（けっせんとうひょう）

◎ 長期飯票　　永久就職（えいきゅうしゅうしょく）、結婚（けっこん）

◎ 投票部隊　　採決要員（さいけつよういん）

【中文】　　【日文】

◎ 募兵制　　志願兵制度（しがんへいせいど）

例 國防部預計在民國107年推動募兵制。

国防部（こくぼうぶ）は2018年（ねん）に志願兵制度（しがんへいせいど）を推進（すいしん）する予定（よてい）である。

◎ 徵兵制　　徴兵制（ちょうへいせい）

◎ 新聞稿　　ニュースリリース、プレスリリース

◎ 假新聞　　偽（いつわ）りニュース、フェイクニュース

◎ 新聞中心　　プレスセンター

◎ 宣達團　　遊説団（ゆうぜいだん）

◎ 導火線　　引（ひ）き金（がね）

◎ 火藥庫　　火薬庫（かやくこ）

◎ 接班人　後継者（こうけいしゃ）

◎ 電子報　メールマガジン

◎ 割喉戰　喉（のど）きり戦（せん）、真剣勝負（しんけんしょうぶ）

◎ 口水戰　つばぜり合（あ）い合戦（がっせん）

◎ 吳三桂　裏切り者（うらぎりもの）

例 不要成為吳三桂。

裏切り者（うらぎりもの）にならないように。

◎ 白手套　パイプ役（やく）

◎ 執政黨　与党（よとう）

◎ 在野黨　野党（やとう）

◎ 第三極　第三極（だいさんきょく）、第三勢力（だいさんせいりょく）

◎ 跨黨派　超党派（ちょうとうは）

◎ 跨派閥　派閥横断（はばつおうだん）

◎ 本土化（台灣認同）　台湾（たいわん）アイデンティティー

◎ 聽證會　公聴会（こうちょうかい）、パブリックコメント

◎ 槍手　替え玉（かえだま）

例 找槍手投考學校。

替え玉（かえだま）を使（つか）って入学試験（にゅうがくしけん）を受（う）ける。

◎ 替身　影武者（かげむしゃ）

例 謠傳伊拉克前總統海珊因怕暗殺，所以有多位替身。

イラクのサダムフセン前大統領（ぜんだいとうりょう）は暗殺（あんさつ）に恐（おそ）れているため、何人（なんにん）かの影武者（かげむしゃ）がいるそうだ。

◎ 彈殼　薬莢（やっきょう）

◎ 彈匣　　弾倉（だんそう）

◎ 卡彈　　弾（たま）がかかっている

◎ 流彈　　流（なが）れ弾（だま）

◎ 隨扈　　SP、ボディーガード

◎ 神槍手（狙擊手）　　スナイパー、狙撃手（そげきしゅ）

◎ 槍擊事件　　銃撃事件（じゅうげきじけん）

例 追究槍擊案疑雲。

銃撃事件（じゅうげきじけん）への疑惑追及（ぎわくついきゅう）。

◎ 改造手槍　　改造銃（かいぞうじゅう）

◎ 防彈衣　　防弾（ぼうだん）チョッキ

◎ 防彈車　　防弾（ぼうだん）カー

◎ 喊口號　　シュプレヒコール

◎ 口號　　キャッチフレーズ

◎ 琉璃　　ガラス工芸（こうげい）

例 台灣琉璃揚名國際。

台湾（たいわん）のガラス工芸（こうげい）の作品（さくひん）が国際上（こくさいじょう）で名（な）が知（し）れ渡（わた）っている。

◎ 毛玻璃　　曇（くも）りガラス

◎ 清玻璃　　クリアガラス

◎ 玻璃牆　　ガラスウォール

◎ 吹製玻璃　　吹（ふ）きガラス

◎ 防彈玻璃　　防弾（ぼうだん）ガラス

◎ 彩繪玻璃　　ステンドガラス

◎ 強化玻璃　　合（あ）わせガラス

◎ 玻璃基板　　ガラス基板

◎ 壓克力玻璃　　アクリルガラス

◎ 送中條例　　逃亡犯条例改正

◎ 香港國安法　　香港国家安全維持法

【中文】　　【日文】

◎ 重新驗票　　票の再集計

例 在野黨提出即時驗票之請求。

野党側は票の即時再集計の要求を提出した。

◎ 司法驗票　　司法による票の再集計

◎ 司法扣押　　司法差し押さえ

◎ 行政驗票　　行政による票の再集計

◎ 立即驗票　　票の即時再集計

◎ 重新改選　　選挙のやり直し

◎ 查封票匭　　投票箱の封印を命じる

◎ 示威抗議　　抗議集会、デモ活動

◎ 靜坐示威　　座り込み

◎ 絕食示威　　ハンスト、ハンガーストライキ

◎ 抵制日貨　　日本製品ボイコット

◎ 反日示威　　反日デモ

例 因釣魚台主權問題，中國大陸連日來爆發大規模的反日示威運動。

釣魚台列島（尖閣諸島）の領有権問題をめぐって、中国大陸は連日来大規模の反日デモを繰り広げている。

◎ 鎮暴警察　　　機動隊（きどうたい）、警官隊（けいかんたい）

◎ 催涙瓦斯　　　催涙（さいるい）ガス

◎ 交通管制　　　交通規制（こうつうきせい）

◎ 強行驅離　　　強制排除（きょうせいはいじょ）

◎ 強制驅離　　　強制退去（きょうせいたいきょ）

◎ 查明真相　　　真相究明（しんそうきゅうめい）

◎ 國安機制　　　国家安全（こっかあんぜん）システム

例　啓動國安機制導致二十萬軍警無法投票。

国家安全（こっかあんぜん）システムの発動（はつどう）によって、二十万人（にじゅうまんにん）の軍人（ぐんじん）や警察官（けいさつかん）など

が投票（とうひょう）できない事態（じたい）となった。

◎ 自導自演　　　自作自演（じさくじえん）

例　國民黨懷疑陳水扁的槍擊案是自導自演。

国民党（こくみんとう）は陳水扁氏（ちんすいへんし）の銃撃事件（じゅうげきじけん）は自作自演（じさくじえん）によるものであると疑（うたが）っ

ている。

◎ 出口民調　　　出口調査（でぐちちょうさ）

◎ 輿論調査　　　世論調査（よろんちょうさ）

◎ 問卷調査　　　アンケート調査（ちょうさ）

◎ 抽樣調査　　　引き抜き調査（ひぬきちょうさ）、ランダムサンプリング

◎ 田野調査　　　フィールドワーク

◎ 輿論領袖　　　オピニオンリーダー

◎ 泛藍陣營　　　パンブルー・グループ

◎ 泛綠陣營　　　パングリーン・グループ

◎ 中國因素　　　チャイナファクター

◎ 天佑台灣　台湾に天の加護を

◎ 手護台灣　人間の鎖

◎ 選舉舞弊　不正選挙

◎ 選舉簽賭　選挙賭博

例 根據調查，槍擊事件有可能是賭連戰會勝選的組頭，企圖暗殺陳水扁總統獲利脫困之計。

調査によると、選挙賭博で連戦氏の勝ちに賭けたギャング一味が、陳水扁總統を暗殺してひと儲けを狙った可能性があるという。

◎ 選情之夜　選挙速報

◎ 篤定當選　無風選挙

◎ 競選支票　約束手形

◎ 特首選舉（香港）　行政長官選挙

◎ 選舉公約　マニフェスト、政権公約

◎ 選務人員　選挙事務職員

◎ 選舉週邊商品　選挙グッズ

◎ 競選口號　選挙のキャッチフレーズ

◎ 造勢活動　気勢を上げるキャンペーン

◎ 口號政治　ワンフレーズ・ポリティクス

◎ 兩國論　二国論

◎ 一國兩制　一国二制度

◎ 一邊一國　一辺一国

◎ 一中各表　一つの中国、それぞれ解釈する

◎ 關鍵少數　キャスチングボード

例 台聯在立法院扮演著關鍵少數的角色。

台湾団結連盟は立法院においてキャスチングボード的な役割を演じている。

◎ 鍵盤　キーボード

◎ 關鍵語　キーワード

◎ 關鍵點　キーポイント

◎ 關鍵人物　キーパーソン、キーマン

◎ 關鍵工作者　エッセンシャルワーカー

例 新冠肺炎肆虐，醫療照護人員都是社會不可或缺的關鍵工作者。

コロナ禍が蔓延する中で、医療関係担当者は社会にとって欠かせないエッセンシャルワーカーである。

◎ 關鍵角色　キープレーヤー

◎ 法規鬆綁　規制緩和

◎ 內閣改組　内閣改造

◎ 看守內閣　留守内閣、暫定内閣

◎ 內閣總辭　内閣の総辞職

例 為負起風災救援不力的責任，劉揆向馬總統提出內閣總辭。

台風緊急対応の不手際の責任を負うため、劉行政院長は馬総統に内閣の総辞職を提出した。

◎ 影子內閣　シャドーキャビネット

◎ 聯合政府　連立政権

◎ 公投入憲　憲法への住民投票規定の盛り込み

◎ 入聯公投　国連加盟の住民投票

◎ 遷就中國　　対中配慮

例
たいちゅうはいりょ

國際社會有過於遷就中國的傾向。

国際社会は対中配慮強すぎる気配がある。
こくさいしゃかい　たいちゅうはいりょつよ　　　　　けはい

◎ 去中國化　　中国離れを強める
ちゅうごくばな　　つよ

◎ 佔中運動（香港）　　道路占拠運動
どうろせんきょうどう

◎ 省籍情結　　エスニック・アイデンティティー

◎ 民族情結　　ナショナル・アイデンティティー

◎ 亞洲情結　　アジア・アイデンティティー

◎ 地域情結　　ローカルアイデンティティー

◎ 骨牌效應　　ドミノ効果

◎ 鐘擺效應　　振り子効果

◎ 泛政治化　　政治問題化
せいじもんだいか

◎ 投奔自由　　政治亡命

◎ 工作小組　　タスクフォース

例 在總統府下面成立一個對日工作小組，加強我國的對日關係。

総統府の枠組みの下において、対日タスクフォースを結成して、
そうとうふ　わくぐ　　もと　　　　　たいにち　　　　　　　　　けっせい
わが国の対日関係を強めようとしている。
くに　たいにちかんけい　つよ

◎ 戒急用忍　　急がず忍耐強く
いそ　　にんたいつよ

◎ 文攻武嚇　　言論で攻撃、武力で威嚇する
げんろん　こうげき　ぶりょく　いかく

◎ 飛彈試射　　ミサイル発射演 習
はっしゃえんしゅう

◎ 東山再起　　返り咲き

◎ 轉換跑道　　くら替え

例 年底立委選舉有許多市議員會轉換跑道轉戰立委。

年末の立法委員選挙は多くの市議会議員がくら替えして立法委員選挙に出馬するだろう。

◎ **黑金政治** 暴力団がらみの金権政治

◎ **朝野協商** 与野党協議

◎ **朝野會面** 与野党トップ会談

例 陳水扁總統同意與連主席、宋主席會晤。

陳水扁總統は連主席と宋主席との与野党トップ会談に承諾した。

◎ **朝小野大** 少数与党

◎ **朝野政黨** 与野党

◎ **朝野惡鬥(扭曲國會)** ねじれ国会

◎ **政黨輪替** 政権交代

◎ **政界重組** 政界再編

◎ **國會空轉** 国会の空転

◎ **轉型正義** 正義への転換の処理

例 南非轉型正義最成功的例子，證明沒有真相即沒有和解，沒有和解就沒有對話。

南アフリカの正義への転換の処理が成功した例として、真相がなければ和解はできず、和解がなければ許すことは話にならないと言うことが証明されている。

◎ **清查黨產** 国民党の資産調査

◎ **雙首長制** 二人首長制

◎ **雙重國籍** 二重国籍

◎ 權力平衡　パワーバランス

◎ 停權處分　党員資格停止処分

◎ 威權體制　権威主義体制

◎ 互揭瘡疤　泥仕合

◎ 隱性台獨　隠れ台湾独立派

◎ 賣台行為　台湾を売り渡す行為

◎ 九二共識　92年合意、92年コンセンサス

◎ 擱置主權　主権問題の棚上げ

◎ 流亡海外　海外に追放された

◎ 拒絕入境　上陸拒否

◎ 民運人士　民主活動家

◎ 非法入境　不法入国

◎ 逾期居留　不法残留者、オーバーステイ

◎ 包機直航　直行チャーター便

◎ 定期航班　定期便

◎ 黃金路線　ドル箱路線

◎ 一黨之私　党利党略的な思惑

◎ 黨團總召　国会対策委員長

例 柯建銘再度當選民進黨立院黨團總召。

柯建銘氏が再度民進党の国会対策委員長に選出された。

◎ 國會作證　参考人招致

◎ 修改黨章　党規約改正

◎ 交接典禮　引継ぎ式

◎ 層級相符　カウンターパート

◎ 人事安排　処遇問題

◎ 意識形態　イデオロギー

◎ 垂死掙扎　悪あがき

◎ 拖延戰術　引き延ばし戦術、遅延戦術

◎ 引咎辭職　引責辞任

◎ 就職演說　就任演説

◎ 領導統馭　リーダーシップ

◎ 追加預算　補正予算

◎ 三足鼎立　三つ巴

例 上次總統大選三足鼎立，結果陳水扁脫穎而出。

前回の総統選挙は三つ巴の態勢となったが、結局、陳水扁氏が勝ち抜けた。

◎ 三頭馬車　トロイカ体制

◎ 政府瘦身　行政のスリム化

◎ 被迫表態　スタンスの明確化を迫られている

◎ 告別演說　お別れ演説

◎ 柔性國力　ソフトパワー

◎ 剛性國力　ハードパワー

◎ 巧實力　スマートパワー

◎ 銳實力　シャープパワー

◎ 博奕理論　囚人のジレンマ

◎ 賽局理論　ゲームの理論

◎ **陷入僵局**　　手詰まり状態

例 談判陷入僵局。

交渉が手詰まり状態になった。

◎ **對立尖銳**　　対立が先鋭化

◎ **中間路線**　　中道路線

◎ **中道力量**　　ミドルパワー

◎ **世代交替**　　世代交代

◎ **政黨輪替**　　政権交代

◎ **黑箱作業**　　アンダーテーブル

例 馬總統表示，第6次江陳會將盡量透明，不會有黑箱作業。

馬総統は、第６回両協会のトップ会談はできるだけ内容を透明化にしたい、絶対にアンダーテーブルの交渉はないと表明した。

◎ **旋轉門條款**　　回転ドア制約

例 受限於旋轉門條款之規定，政務官辭職下台三年內將不得至相關產業任職。

いわゆる回転ドアという制約の規定によって、政務官はやめて三年以内で関連産業への就職が禁じられている。

◎ 一對一選舉　　一騎打ちの選挙

◎ **台獨時間表**　　台湾独立のタイムテーブル

◎ **選舉人名冊**　　選挙人名簿

◎ **四要一沒有**　　四つの必要、一つのない

◎ **四不一沒有**　　四つのノー、一つのナッシング

註 陳総統は2000年５月の就任演説の中で、「中国が台湾に対して武力発動の意思を持たない限り、任期中は独立を宣言せず、国名を変更せず、二国論を憲法に明記せず、現状を変更する統一、独立問題の国民投票を行わず、また国家統一綱領と国家統一委員会を廃止することもない」と明確に表明している。

◎ 高規格接待　　破格の厚遇ぶり

例 蔡英文訪華府獲得高規格的接待。

蔡英文氏はワシントンへの訪問は破格の厚遇ぶりを受けた。

◎ 麻煩製造者　　トラブルメーカー

◎ 和平製造者　　ピースメーカー

◎ 不成文規定　　不文律の規定

◎ 既得利益者　　既得権益者

◎ 台面下交涉　　水面下交渉

◎ 大一中架構　　大きな一つの中国

◎ 政策擬定者　　政策立案者

◎ 台灣主體意識　　台湾主体意識

◎ 分化台灣內部　　台湾内部の分断

◎ 選情陷入膠著　　選挙が大接戦になる

例 這次總統大選選情陷入膠著。

今回の総統選は大接戦を繰り広げるようになった。

◎ 台灣心，中國情　　台湾の心、中国の情

◎ 國會席次減半　　国会の定数半減

◎ 單一選區兩票制　　小選挙区二票制

◎ **獨立調查委員會**　独立調査委員会
どくりつちょうさいいんかい

◎ **兩岸和平穩定架構**　両岸平和安定の枠組み
りょうがんへいわあんていわくぐ

◎ **寄希望於台灣人民**　台湾人民に希望を寄せる
たいわんじんみんきぼうよ

◎ **建立小而美的政府**　メリハリのある小さな政府を構築する
ちいせいふこうちく

◎ **和解不退縮，堅定不對立**
わかい　　　ご　　　　きつぜん　　　たいりつ

和解するもしり込みせず、毅然とするも対立せず

◎ **有夢最美，希望相隨**
ゆめ　　うつく　　　きぼう

夢があることは美しく、希望はそこについてくる。

◎ **天下雖安，忘戰必危**
てんかやす　　い　　　たたか　わす　　かならあや

天下安らかなりと言えども、戦いを忘れれば必ず危うし

◎ **以台灣為主，對人民有利**
たいわん　しゅ　　じんみん　ゆうり

台湾を主として、人民に有利なものをする。

◎ **深耕台灣，放眼天下，積極開放，有效管理**。
たいわん　ふか　たがや　　　　　　せんりゃくしこう　　　ちゅうごくたいせっきょく

台湾を深く耕し、グローバルな戦略思考をもって、中国に対し積極
てきかいほう　ゆうこうかんり　せいさく　てきよう
的開放、有効管理の政策を適用する。

◎ **正視現實、開創未來、擱置爭議、追求雙贏**
げんじつ　ちょくし　　みらい　き　ひら　　そうぎ　す　お

現実を直視し、未来を切り開く、争議を据え置き、ウィンウィンを
ついきゅう
追求する。

◎ **建立互信、擱置爭議、求同存異、追求雙贏**
そうごしんらい　こうちく　そうぎ　す　お　　どう　もと　い　す

相互信頼を構築、争議を据え置き、同を求めて異を捨てる、ともにウィンウィンを創り出す。

【單字補給站】
単語補給ステーション

第二篇

常見社會時事用語篇

【中文】 【日文】

◎ 氣爆　　ガス爆発

◎ 長照　　長期介護

◎ 弒親　　親殺し

◎ 偏心　　贔屓、加担する

例 黃嫌因恨父母偏愛兄弟而心埋殺機。

黄容疑者は親が兄や弟に贔屓することを恨んで殺害する種をまいた。

◎ 溺愛　　溺愛

◎ 賭場　　カジノ

例 澎湖設賭場的公投，最後並沒有通過。

澎湖島でのカジノ開設をめぐる住民投票は、結局採択されなかった。

◎ 賭城法案（IR）　　カジノ法案、統合型リゾート整備推進法案(IR)

◎ 賭徒　ばくち打ち、ギャンブラー

◎ 賭博　ばくち、ギャンブル

◎ 賭資　ばくち金、ばくち資金

◎ 詐賭　ノミ行為

◎ 組頭　ブックメーカー、ブッキー

◎ （賭博）莊家　胴元、胴元役

◎ 賭盤莊家　オッズメーカー

◎ 抽鬼牌遊戲　ポーカーゲーム

◎ 荷官　カジノディーラー

◎ 賠率　オッズ

◎ 骰仔　サイコロ

◎ 麻將　マージャン

◎ 賽鴿　鳩レース

◎ 籌碼　持ち駒

◎ 打假球　八百長

例 職棒打假球疑雲終於浮上檯面，已有多位球員遭到檢調單位傳喚。

プロ野球チームの八百長疑惑はとうとう表面化され、すでに多くの選手が検察側に証人喚問された。

◎ 職棒簽賭　野球賭博

◎ 假車禍　当たり屋

◎ 假護照　偽造旅券

◎ 假結婚　偽装結婚

◎ 假標籤　偽装表示

◎ 六合彩　　六合(ろくごう)くじ

◎ 威力彩　　スーパーロトくじ

◎ 彩券　　宝(たから)くじ

◎ 樂透　　ロトくじ

◎ 大樂透　　ビッグロトくじ

◎ 刮刮樂　　スクラッチくじ

◎ 柏青哥　　パチンコ

◎ 柏青嫂　　パチスロ

◎ 運彩　　スポーツ振興(しんこう)くじ

◎ 吃角仔老虎　　スロットマシーン

【中文】　　【日文】

◎ 考績　　考課(こうか)

例 未來公務人員連續三年考績丙等將被解雇。

これから公務員(こうむいん)の考課(こうか)が連続三年丙(れんぞくさんねんへい)と評定(ひょうてい)されたら、解雇(かいこ)されることになる。

◎ 裁員　　リストラ

◎ 冗員　　余剰人員(よじょうじんいん)

◎ 優退　　退職勧奨(たいしょくかんしょう)

◎ 資遣　　退職勧告(たいしょくかんこく)

◎ 提前退休　　繰(く)り上(あ)げ退職(たいしょく)

◎ 起薪　　初任給(しょにんきゅう)

例 聽說現在大學畢業生的起薪，滑落至十年前的水準。

今大学生(いまだいがくせい)の初任給(しょにんきゅう)は、10年前(ねんまえ)のレベルに落(お)ちたそうである。

◎ 調薪	ベースアップ
◎ 減薪	減給(げんきゅう)、減俸(げんぽう)
◎ 底薪	基本給(きほんきゅう)
◎ 無薪假	一時帰休(いちじききゅう)
◎ 年金	年金(ねんきん)
◎ 謝儀	礼金(れいきん)
◎ 奠儀	香典(こうでん)
◎ 紅包	ご祝儀(しゅうぎ)
◎ 熱錢	ホットマネー
◎ 髒錢（黑錢）	ダーティーマネー
◎ 洗錢	マネーロンダリング、資金洗浄(しきんせんじょう)
◎ 發票	レシート
◎ 帳單	伝票(でんぴょう)
◎ 收據	領収書(りょうしゅうしょ)
◎ 回扣	リベート、キックバック
◎ 佣金	コミッション
◎ 壓歲錢	お年玉(としだま)
◎ 零用錢	ポケットマネー、お小遣(こづか)い
◎ 私房錢	臍繰(へそく)り

◎ 香油錢	賽銭（さいせん）
◎ 遣散費	辞退金（じたいきん）
◎ 贍養費	慰謝料（いしゃりょう）
◎ 分手費	手切れ金（てぎれきん）
◎ 加班費	残業手当（ざんぎょうてあて）
◎ 特別費	特別費（とくべつひ）
◎ 交際費	交際費（こうさいひ）、接待費（せったいひ）
◎ 國務機要費	国務機密費（こくむきみつひ）
◎ 退休金	退職金（たいしょくきん）
◎ 獎勵金	奨励金（しょうれいきん）
◎ 違規金	罰則金（ばっそくきん）
◎ 慰問金	弔問金（ちょうもんきん）、見舞金（みまいきん）
◎ 撫卹金	救済金（きゅうさいきん）
◎ 和解金	示談金（じだんきん）
◎ 離職金	解雇手当（かいこてあて）
◎ 檢舉人	ハンター
◎ 檢舉獎金	報奨金（ほうしょうきん）
◎ 兒童津貼	子供手当（こどもてあて）
◎ 年終獎金	ボーナス

【中文】　　【日文】

◎ 遷村　強制移住
（きょうせい いじゅう）

例 由於八八風災造成毀滅性的破壞，小林村恐怕必須被迫遷村。

台風８号が壊滅的な被害になったため、小林村は強制移住しなければならない羽目になる恐れがある。

◎ 遊民　ホームレス、浮浪者

◎ 豪宅　豪邸

◎ 別墅　別荘

◎ 公寓　アパート

◎ 賓館　ラブホテル

◎ 民宿　民宿

◎ 寄宿　ホームスティー

◎ 寄宿家庭　ホストファミリー

◎ 房東　大家さん

◎ 房租　家賃

◎ 房客　店子、テナント

◎ 換屋　住み替え

例 最近由於換屋需求大，使得房地產價格居高不下。

最近は住み替え需要が大きいため、不動産価格が高止まりにある。

◎ 空屋　空き住宅、空家

◎ 住處　住処

◎ 打房　住宅市場の調整

◎ 小套房　ワンルームマンション

◎ 小木屋　コテージ

◎ 組合屋　プレハブ、仮設住宅（かせつじゅうたく）

◎ 樣品屋　モデルルーム、モデルハウス

◎ 釘子戶　立ち退き拒否（たちのききょひ）

◎ 綠建築　グリーン建築（けんちく）

◎ 山坡地　傾斜地（けいしゃち）

◎ 房地產　不動産（ふどうさん）

◎ 頂樓加蓋　継ぎ足し（つぎたし）

例 在台灣頂樓加蓋等違章建築非常橫行。

台湾（たいわん）において継ぎ足し（つぎたし）などの違法建築（いほうけんちく）が横行（おうこう）している。

◎ 違章建築　違法建築（いほうけんちく）、違法増築（いほうぞうちく）

◎ 汽車旅館　モーテル

◎ 日式旅館　旅館（りょかん）

◎ 過境旅館　トランジットホテル

◎ 航站飯店　ターミナルホテル

◎ 渡假飯店　リゾートホテル

◎ 青年旅店　ユースホステル

◎ 膠囊旅店　カップセルホテル

◎ 公寓大廈　マンション

◎ 獨宅獨院　一戸建て（いっこだて）

◎ 摩天大樓　超高層（ちょうこうそう）ビル、ノッポビル

◎ 都市景觀　シティースケープ

◎ 偷工減料　手抜き工事（てぬきこうじ）

◎ 豆腐渣工程　　おから建築

◎ 住商混合大樓　　住宅兼オフィスビル

【中文】　　【日文】

◎ 自拍　　セルフィー、自撮り

◎ 偷拍　　盗み撮り、盗撮

◎ 自拍棒　　自撮り棒

◎ 低頭族　　歩きスマホ

◎ 名媛　　美人セレブ、女性セレブ

◎ 名人　　セレブ

◎ 網紅　　インフルエンサー

◎ 典禮　　セレモニー

◎ 酒會　　レセプション、パーティー

◎ 聯考　　統一試験

◎ 推甄　　推薦入学

◎ 窄門　　狭き門

例 大學再也不是窄門了，毋寧說現在人人都可上大學。

大学に進学することはもう狭き門ではなくなり、むしろいまは全入の時代だと言える。

◎ 霸凌　　いじめ

◎ 網路霸凌　　ネットいじめ

◎ 勒索　　ゆすり、たかる

◎ 恐嚇（恐嚇信）　　脅迫（脅迫状）

◎ 補習　　塾(じゅく)に通(かよ)う

◎ 補考　　追試験(ついしけん)、再試験(さいしけん)

◎ 留級　　留年(りゅうねん)

◎ 重考生　　浪人(ろうにん)

◎ 補習班　　予備校(よびこう)、学習塾(がくしゅうじゅく)

◎ 助學貸款　　学資(がくし)ローン

◎ 學歴社會　　学歴社会(がくれきしゃかい)

◎ 拒絶上學　　登校拒否(とうこうきょひ)、不登校(ふとうこう)

◎ 怪獸家長　　モンスターペアレンツ

例 由於少子化的關係，在日本有部分家長對學校提出許多不合理的要求，此類家長被謔稱為怪獸家長。

少子化(しょうしか)の関係(かんけい)で、日本(にほん)においては一部(いちぶ)の保護者(ほごしゃ)が学校(がっこう)に対(たい)していろんな理不尽(りふじん)な要求(ようきゅう)を提出(ていしゅつ)して、こういった保護者(ほごしゃ)はモンスターペアレンツと皮肉(ひにく)られている。

◎ 越區入學　　越境入学(えっきょうにゅうがく)

◎ 跳級升學　　飛(と)び入学(にゅうがく)

◎ 遠距教學　　遠隔教育(えんかくきょういく)、遠隔授業(えんかくじゅぎょう)

◎ 遠距手術　　遠隔手術(えんかくしゅじゅつ)

◎ 遠距戀情　　遠距離恋愛(えんきょりれんあい)

◎ 網路教學　　eラーニング

◎ 菁英教育　　エリート教育(きょういく)、エリートコース

◎ 情境教學法　　ロールプレイング

◎ 填鴨式教育　　詰(つ)め込(こ)み教育(きょういく)

【中文】　【日文】

◎ 郵輪　クルーズ船(せん)

◎ 油輪　タンカー

◎ 渡輪　フェリー

◎ 遊艇　クルーザー

◎ 風帆（遊艇）　ヨット

◎ 遊艇港　ヨットハーバー

◎ 引渡　引渡(ひきわた)し

例 由於台灣與美國之間沒有簽署引渡條約，所以無法將經濟犯引渡至台灣。

台湾(たいわん)とアメリカの間(あいだ)に引(ひ)き渡(わた)し条約(じょうやく)が調印(ちょういん)されていないため、経済犯罪者(けいざいはんざいしゃ)を台湾(たいわん)に引(ひ)き渡(わた)すことができない。

◎ 偷渡　密入(みつにゅう)国

◎ 偷渡客　密入国者(みつにゅうこくしゃ)

◎ 走私　密輸入(みつゆにゅう)

◎ 扒手　すり

◎ 小偷　泥棒(どろぼう)

◎ 慣犯　常習犯(じょうしゅうはん)

◎ 調包　置(お)き引(び)き

例 在等公車時，行李被調包了。

バスを待(ま)っている間(あいだ)に荷物(にもつ)が置(お)き引(び)きされた。

◎ 闖空門　空(あ)き巣(す)狙(ねら)い

◎ 順手牽羊　　　万引_{まんび}き

◎ 飛車搶劫　　　引_ひったくり

◎ 攔路搶劫　　　追_おい剥_はぎ

◎ 搶奪行為　　　略奪行為_{りゃくだつこうい}

例 海地發生大地震，到處都發生搶奪行為，治安令人擔憂。
ハイチに大地震_{おおじしん}が起_おきて、至_{いた}る所_{ところ}で略奪行為_{りゃくだつこうい}が発生_{はっせい}し、治安_{ちあん}が心配_{しんぱい}されている。

◎ 趁火打劫　　　火事場泥棒_{かじばどろぼう}

◎ 誹謗　　　　　名誉毀損_{めいよきそん}

◎ 綁架　　　　　拉致_{らち}

例 人質綁架問題已成為日本與北韓關係正常化之最大障礙。
拉致問題_{らちもんだい}は日本_{にほん}と北朝鮮関係正常化_{きたちょうせんかんけいせいじょうか}の最_{もっと}も大_{おお}きな障壁_{しょうへき}となった。

◎ 綁票　　　　　誘拐_{ゆうかい}

◎ 贖金　　　　　身代金_{みのしろきん}

◎ 撕票　　　　　人質殺害_{ひとじちさつがい}

◎ 招標　　　　　入札_{にゅうさつ}

◎ 綁標　　　　　談合_{だんごう}

◎ 圍標　　　　　不正入札_{ふせいにゅうさつ}

◎ 得標　　　　　落札_{らくさつ}

◎ 流標　　　　　入札_{にゅうさつ}が流_{なが}れた

◎ 代溝　　　　　ジェネレーション・ギャップ

◎ 代打　　　　　ピンチヒッター（代打_{だいだ}）

◎ 代墊　　　　　立替_{たてかえ}

例 他幫我代墊計程車費。

あの人にタクシー代に立て替えられた。

◎ 歸墊	補填
◎ 轉讓	振り替え
◎ 代書	行政書士
◎ 司法代書	司法書士
◎ 直銷	直販、マルチ商法
◎ 詐財（詐騙）	詐欺
◎ 騙婚	結婚詐欺
◎ 求婚	プロポーズ
◎ 異國聯姻	国際結婚
◎ 帶球嫁／孕婦婚禮／奉子成婚	マタニティウェディング、できちゃった結婚
◎ 熟年離婚	熟年離婚
◎ 離過一次婚	罰一

例 他離過一次婚。

彼は罰一なんだよ。

◎ 繼父	ステップファーザー、まま父
◎ 繼母	ステップマザー、まま母
◎ 男女各帶小孩再婚	ステップファミリー

例 法國總統薩科奇與其前妻都是各自帶小孩梅開二度的結合。

フランスのサコルジ大統領は前の奥さんとはいわゆるステップファミリー結婚だった。

◎ 老鼠會　ねずみ講(こう)

◎ 互助會　無尽(むじん)、頼母子講(たのもしこう)

◎ 金光黨　詐欺集団(さぎしゅうだん)

◎ 休妻書　三行半(みくだりはん)

◎ 自白書　供述調書(きょうじゅつちょうしょ)

◎ 陳情書　陳情書(ちんじょうしょ)

◎ 意見書　建白書(けんぱくしょ)

◎ 建議書　要望書(ようぼうしょ)

◎ 悔過書　始末書(しまつしょ)

◎ 切結書　誓約書(せいやくしょ)

◎ 請願書　嘆願書(たんがんしょ)

◎ 意向書　趣意書(しゅいしょ)

◎ 車手　出(だ)し子(ご)

例　自甘墮落擔任詐騙集團的車手。

ぐれて振(ふ)り込(こ)め詐欺集団(さぎしゅうだん)の出(だ)し子(ご)になった。

◎ 詐騙電話　おれおれ電話(でんわ)、おれおれ詐欺(さぎ)

◎ 詐騙集團　振(ふ)り込(こ)め詐欺(さぎ)

◎ 網路詐騙　ワンクリック詐欺(さぎ)

◎ 側錄密碼　暗証番号(あんしょうばんごう)をスキミングする

◎ 詐騙帳號　フィッシング詐欺(さぎ)

◎ 退稅詐騙　還付金詐欺(かんぷきんさぎ)

◎ 刷卡退現詐騙　キャッシュバッグ詐欺(さぎ)

【中文】	【日文】
◎ 流年	年(とし)の回(まわ)り
◎ 文膽	スピーチライター
◎ 借調	出向(しゅっこう)

例 林先生被借調至總統府。

林(はやし)さんは総統府(そうとうふ)に出向(しゅっこう)された。

◎ 共識	コンセンサス
◎ 志工	ボランティア
◎ 打工	アルバイト
◎ 飛特族(自由打工者)	フリーター
◎ 計時工	パート
◎ 派遣工	日雇(ひやと)い労働者(ろうどうしゃ)、派遣労働者(はけんろうどうしゃ)
◎ 尼特族	ニート
◎ 孤立無業	孤立無業(こりつむぎょう)、スネップ(20～59歳、未婚無業者)
◎ 隱蔽青年	閉(と)じこもり若者(わかもの)、ひこもり青年(せいねん)
◎ 疑雲	疑惑(ぎわく)
◎ 醜聞	スキャンダル
◎ 八卦	スキャンダル探(さが)し、ゴシップ
◎ 八卦節目	ワイドショー
◎ 性騷擾	セクハラ
◎ 性醜聞	女性(じょせい)スキャンダル、セックススキャンダル
◎ 校園醜聞	キャンパス・スキャンダル
◎ 權力騷擾	パワーハラ

◎ 約會性侵　デートバイオレンス

◎ 歧視孕婦　マタハラ、マタニティーハラスメント

◎ 臥底　おとり捜査（そうさ）

◎ 串供　口裏（くちうら）あわせ

◎ 勾結　なれ合（あ）い、結託（けったく）

◎ 關說　請託（せいたく）

◎ 收賄　収賄（しゅうわい）

◎ 私吞　ピンはね、着服（ちゃくふく）

◎ 證物　証拠物（しょうこもの）

◎ 扣押　差押（さしおさ）え

◎ 具結　宣誓（せんせい）

◎ 釋明　疎明（そめい）

◎ 勘驗　検証（けんしょう）

◎ 鑑定　鑑定（かんてい）

◎ 審問　取調（とりしら）べ

◎ 冤獄　冤罪事件（えんざいじけん）

◎ 延押　拘置延期（こうちえんき）

例 ○○○再度被法院宣判延押，已確定要在看守所渡過第二個舊曆年。

○○○氏（し）が再（ふたた）び裁判所（さいばんしょ）に拘置延期（こうちえんき）と宣告（せんこく）され、拘置所（こうちしょ）で二年目（にねんめ）の旧正月（きゅうしょうがつ）を迎（むか）えることが確実（かくじつ）となった。

◎ 聲押　拘置請求（こうちせいきゅう）

◎ 假釋　仮釈放（かりしゃくほう）

◎ 緩刑　執行猶予（しっこうゆうよ）

◎ 特赦	恩赦（おんしゃ）
◎ 傳喚	召喚（しょうかん）
◎ 傳票	拘引状（こういんじょう）
◎ 拘提	拘引（こういん）、勾引（こういん）
◎ 拘票	拘引状（こういんじょう）
◎ 羈押	拘置（こうち）、勾留（こうりゅう）
◎ 羈押票	勾留状（こうりゅうじょう）
◎ 聲請羈押	勾留請求（こうりゅうせいきゅう）
◎ 羈押禁見	接見交通禁止（せっけんこうつうきんし）
◎ 弊案	不正疑惑（ふせいぎわく）
◎ 侵佔罪	横領罪（おうりょうざい）
◎ 背信罪	背任罪（はいにんざい）
◎ 陪審團	裁判員制度（さいばんいんせいど）
◎ 緩起訴	起訴猶予（きそゆうよ）
◎ 看守所	拘置所（こうちしょ）
◎ 典獄長	刑務所長（けいむしょちょう）
◎ 特偵組	特捜部（とくそうぶ）
◎ 高檢署	最高検（さいこうけん）
◎ 檢察總長	検察総長（けんさつそうちょう）
◎ 官商勾結	官民癒着（かんみんゆちゃく）
◎ 利益輸送	利益供与（りえききょうよ）
◎ 對價關係	対価関係（たいかかんけい）
◎ 海外密帳	海外秘密口座（かいがいひみつこうざ）

◎ 醜聞纏身	スキャンダルまみれ
◎ 捲款逃跑	持ち逃げ
◎ 內線交易	インサイダー取引
◎ 到案說明	事情聴取
◎ 戒護就醫	体調不良のため病院へ搬送
◎ 保外就醫	刑務所外治療
◎ 無期徒刑	無期懲役
◎ 有期徒刑	有期懲役
◎ 廢除死刑	死刑廃止
◎ 配套措施	関連措置
◎ 三審定讞	三審判決
◎ 移送法辦	身柄送検
◎ 函送法辦	書類送検
◎ 收押禁見	身柄拘束
◎ 交保候傳	保釈
◎ 汙點證人	司法取引に応じる
◎ 證人傳喚	証人喚問
◎ 背信嫌疑	背信の疑い
◎ 巴士底獄	バスチーユ監獄
◎ 犯罪嫌疑人	被疑者
◎ 上訴第二審	告訴
◎ 上訴第三審	上告
◎ 非常上訴	非常上告

【中文】	【日文】
◎ 自焚	焼身自殺（しょうしんじさつ）
◎ 自殘	リストカット
◎ 棄屍	遺体破棄（いたいはき）、死体遺棄（したいいき）
◎ 毀屍	遺体破損（いたいはそん）
◎ 私刑	リンチ
◎ 橫死	変死（へんし）
◎ 分屍案	バラバラ殺人事件（さつじんじけん）
◎ 無主屍	無縁仏（むえんぼとけ）
◎ 無主墳	無縁墓地（むえんぼち）
◎ 食人魔	人食い殺人魔（ひとぐいさつじんま）
◎ ○○之狼	通り魔（とおりま）
◎ ○○之狼殺人事件	～通り魔殺人事件（とおりまさつじんじけん）
◎ 驗屍官	検死官（けんしかん）
◎ 殯儀館	葬儀式場（そうぎしきじょう）
◎ 太平間（靈堂）	霊安室（れいあんしつ）
◎ 葬儀社	葬儀社（そうぎしゃ）、葬儀屋（そうぎや）さん
◎ 抗壓性	フラストレーショントレランス
◎ 橫死遺體	変死体（へんしたい）
◎ 滅門血案	一家殺人事件（いっかさつじんじけん）
◎ 跳樓自殺	飛び降り自殺（とびおりじさつ）
◎ 跳河自殺	投身自殺（とうしんじさつ）、入水自殺（にゅうすいじさつ）

◎ 上吊自殺　首吊り自殺

◎ 服毒自殺　毒薬自殺

◎ 燒炭自殺　練り炭自殺

◎ 全家自殺　一家心中

◎ 強迫自殺　無理心中

◎ 相偕自殺　心中

◎ 網路自殺　ネット自殺

◎ 自殺網站　自殺サイト

◎ 集體自殺　集団自殺

◎ 囑託殺人　嘱託殺人

◎ 瓦斯外洩　ガス漏れ

例 每到冬天，就會傳出熱水器瓦斯外洩所引起的死亡事件。

冬になると、湯沸かし器のガス漏れによる死亡事件が続発する。

◎ 引廢氣自殺　排気ガス自殺

◎ 過失殺人　過失殺人

◎ 連環殺人　連続殺人

◎ 保險金殺人　保険金殺人

◎ 業務過失致死　業務上過失致死容疑

【中文】　　【日文】

◎ 召回　　リコール

例 豐田汽車因為油門踏板故障問題，全球被迫召回九百萬台車輛進行檢修。

トヨタ自動車はアクセルペダルのトラブル問題で、世界で900万台にのぼるもの自動車のリコールをしなければならない破目になった。

◎ 暴衝　　空走感、ブレーキに不具合

例 豐田汽車的新型Prius油電混合車等四個車種，因為暴衝問題，向國土交通省提出約22萬台的召回檢修申請。

トヨタ自動車は新型プリウスなどハイブリッド車４車種のブレーキ不具合があるとして、約22万台のリコールを国土交通省に届け出た。

◎ 捷運　　MRT

◎ 高鐵　　台湾高速鉄道、台湾新幹線

◎ 火車　　汽車

◎ 輕軌　　ライトレール、 LRT

◎ 蒸氣火車　　SL、蒸気機関車

◎ 小綿羊　　原付バイク、スクーター

◎ 機車（人）　　ひねくれる

例 那一個人有一點機車。

あの人はちょっとひねくれている。

◎ 纜車　ケーブルカー、ロープウェー

◎ 台車　トロッコ、台車（だいしゃ）

◎ 車展　モーターショー

◎ 跑車　スポーツカー

◎ 換檔　ギアシフト

◎ 變速箱　トランスミッション

◎ 租車　レンタカー

◎ 禮車　リムジン

◎ 貨車　貨物車（かもつしゃ）

◎ 贓車　盗難車（とうなんしゃ）

◎ 贓物　盗難品（とうなんひん）

◎ 校車　スクールバス

◎ 靈車　霊柩車（れいきゅうしゃ）

◎ 卡車　トラック

◎ 吊車　クレーン車（しゃ）

◎ 怪手　ショベルカー

◎ 共乘　カーシェアリング、相乗（あいの）り

◎ 優步　ウーバ

◎ 代駕　運転代行（うんてんだいこう）

◎ 怠速（汽車未熄火）　アイドリング

例　臨時停車空轉超過三分鐘以上未熄火者將被處以罰鍰。

臨時駐車（りんじちゅうしゃ）３分間以上（ぷんかんいじょう）でアイドリングした運転手（うんてんしゅ）は罰金（ばっきん）が取（と）られることになる。

◎ 禁止怠速　アイドリングストップ

◎ 運輸車　輸送車

◎ 電聯車　通勤電車

◎ 拖吊車　レッカー車

例 車子被拖吊。

車はレッカー車に持っていかれた。

◎ 搭便車　ヒッチハイク

例 用搭便車的方式完成環島一週的壯舉。

ヒッチハイクの形で島巡りの夢を完成した。

◎ 單輪車　一輪車

◎ 兩輪車　二輪車

◎ 三輪車　リヤカー

◎ 腳踏車　自転車

◎ Ubike　Uバイク、自転車シェアリング、シェアサイクル

◎ 電動腳踏車　電気自転車

◎ 亂停腳踏車　迷惑駐輪

◎ 腳踏車專用道　自転車専用レーン

◎ 淑女車（媽媽腳踏車）　ママちゃり

◎ 越野車　マウンテンバイク

◎ 協力車　タンデム自転車

◎ 嬰兒車　乳母車

◎ 自用車　自家用車

◎ 環保車	エコカー
◎ 休旅車	SUV
◎ 高球車	ゴルフカート
◎ 餐車	キャラバンカー、キッチンカー
◎ 露營車	キャンピングカー
◎ 遊覽車	観光（かんこう）バス
◎ 廂型車	ワゴン車（しゃ）
◎ 接送車	リムジンバス
◎ 敞篷車	オープンカー
◎ 垃圾車	ゴミ収集車（しゅうしゅうしゃ）
◎ 清潔車	清掃車（せいそうしゃ）
◎ 運鈔車	現金輸送車（げんきんゆそうしゃ）
◎ 救護車	救急車（きゅうきゅうしゃ）
◎ 消防車	消防車（しょうぼうしゃ）
◎ 連結車	トレーラー
◎ 概念車	コンセプトカー
◎ 未來車	フューチャーカー
◎ 古董車	アンティークカー
◎ 中古車	中古車（ちゅうこしゃ）
◎ 改裝車	改造車（かいぞうしゃ）
◎ 電動車	電気自動車（でんきじどうしゃ）（ＥＶ）
◎ 車聯網	コネクティッドッカー
◎ 油罐車	タンクローリー

◎ 裝甲車	装甲車（そうこうしゃ）
◎ 坦克車	タンク、戦車（せんしゃ）
◎ 砂石車	砂利運搬車（じゃりうんぱんしゃ）
◎ 推土機	ブルドーザー
◎ 壓路機	ロードローラー
◎ 小山貓	ミニブルドーザー
◎ 拖拉機	トラクター
◎ 插秧機	田植え機（たうえき）
◎ 潛遁機	シールドマシン
◎ 儀表板	ダッシュボード
◎ 安全帶	シートベルト
◎ 安全帽	ヘルメット
◎ 安全氣囊	エアバッグ
◎ 低公害車	低公害車（ていこうがいしゃ）
◎ 接駁公車	シャトルバス
◎ 雙層公車	二階建て（にかいだ）バス
◎ 有軌電車	路面電車（ろめんでんしゃ）
◎ 單軌電車	モノレール
◎ 輕軌電車	ライトレール
◎ 太陽能車	ソーラーカー
◎ 重型機車	大型（おおがた）バイク
◎ 磁浮列車	リニアモーターカー
◎ 汽車導航	カーナビゲーション

◎ 懸吊系統　サスペンション

◎ 雲霄飛車　ジェットコースター

◎ 自由落體　フリーフォール

◎ 收割打穀機　コンバイン

◎ 氫能源車　水素自動車

◎ 油電混合車　ハイブリッド車

◎ 自動駕駛車　自動運転車

◎ 水泥攪拌車　ミキサー車

◎ 行車紀錄器　ドライブレコーダー、車載カメラ

◎ 摺疊式腳踏車（小摺）　折り畳み自転車

◎ 無人駕駛車　無人自動車

◎ 無人駕駛電動車　シティーカー

◎ 有駕照卻不敢開車　ペーパードライバー

◎ 賽格威（Segway）、電力驅動車　セグウェイ

【中文】	【日文】
◎ 猛男	マンパワー、マッチョ
◎ 牛郎	ホスト
◎ 中性	ユニセックス
◎ 第三性	ニューハーフ
◎ 掃黃	売春取締り、風俗業一掃キャンペーン
◎ 轟趴	ホームパーティー

◎ 墮胎　中絶(ちゅうぜつ)、おろす、妊娠中絶(にんしんちゅうぜつ)

◎ 口交　尺八(しゃくはち)、オーラルセックス、、フェラチオ

◎ 肛交　アナルセックス

◎ 援交　援助交際(えんじょこうさい)

◎ 出櫃　カミングアウト

◎ 人妖　オカマ

◎ 雙性戀　バイセクシュアル、両性愛(りょうせいあい)

◎ 同性戀　同性愛(どうせいあい)

◎ 異性戀　異性愛(いせいあい)

◎ 男同志　ホモ、ゲイ

◎ 女同志　レスビアン

◎ 陰陽人　トランスジェンダー

◎ 變性人　性転換者(せいてんかんしゃ)

◎ 生化人（cyborg）　サイボーグ

◎ 性別認同障礙　性同一性障害(せいどういつせいしょうがい)

◎ 酒鬼　飲兵衛(のんべえ)、いける口(ぐち)

◎ 酒仙　酒豪(しゅごう)

◎ 酒醉　酔(よ)っ払(ぱら)い、酩酊(めいてい)

◎ 酒測　呼気検査(こきけんさ)

◎ 好酒量　うわばみ、イケル

◎ 發酒瘋　酒乱(しゅらん)になる

◎ 酒品不好　酒癖(さけぐせ)が悪(わる)い

◎ 酒後纏人　からみ癖(くせ)がある

◎ 酒後開車	飲酒運転（いんしゅうんてん）、酒気帯び運転（しゅきおびうんてん）
◎ 皮條客	ぽん引き（び）、売春斡旋業者（ばいしゅんあっせんぎょうしゃ）
◎ 嫌疑犯	容疑者（ようぎしゃ）、被疑者（ひぎしゃ）
◎ 通緝犯	指名手配（しめいてはい）
◎ 受刑人	受刑者（じゅけいしゃ）
◎ 吸客機	客引き（きゃくひ）パンダ
◎ 招牌店員	看板娘（かんばんむすめ）
◎ 一夜情	ワンナイトスタンド
◎ 砲友	プレイメート、ＰＭ
◎ 馬賽克	モザイク
◎ 色情片	ポルノ映画（えいが）、エッチビデオ
◎ 色情書刊	ビニール本（ほん）、ポルノ本（ほん）
◎ 色情廣告	アダルト広告（こうこく）
◎ 色情傳單	ピンクチラシ
◎ 成人電話	アダルトダイヤル
◎ 情趣用品店	アダルトショップ
◎ 牛郎店	ホストクラブ
◎ 酒店	キャバクラ
◎ 紅牌	ナンバワン、No.1
◎ 鋼管舞	ポールダンス
◎ 鋼管女郎、脫衣舞孃	ストリッパー

◎ 公關小姐（傳播妹）　コンパニオン

◎ 檳榔西施　ビンロウ娘（むすめ）

◎ 酒店小姐　ホステス、キャバクラ嬢（じょう）

◎ 剝皮酒店　ぼったくりバー

例 最近有許多人被剝皮酒店的小姐詐騙財物。

最近（さいきん）、多（おお）くの被害者（ひがいしゃ）がぼったくりバーのホステスに金銭（きんせん）を騙（だま）された。

◎ 應召女郎　コールガール

◎ 人妖酒吧　ニューハーフークラブ

◎ 外遇　不倫（ふりん）、浮気（うわき）

◎ 劈腿　二股（ふたまた）をかける

◎ 保險套　コンドーム

◎ 偏執狂　モノマニア

◎ 暴露狂　露出狂（ろしゅつきょう）

◎ 變態狂　変態者（へんたいしゃ）

◎ 虐待狂　サディズム、ドS

◎ 被虐待狂　マゾヒズム、ドM

◎ 精神虐待　モラルハラスメント

◎ 開心果　ムードメーカー

例 他是班上的開心果。

彼（かれ）はクラスのムードメーカだ。

◎ 網咖　　インターネットカフェ

◎ 漫畫店　　漫画喫茶店（マンキツ）

◎ 網友　　出会い系

例 我是網友之一。

私、出会い系の一人だよ。

◎ 網聚　　オフ会

例 在網路認識的朋友第一次見面是什麼心情？

インターネットで知り合った友人同士が最初のオフ会にどんな気持ちをもっているのでしょうか。

◎ 隱私權　　プライバシー

◎ 網路援交　　出会い系サイトー

◎ （網路）聊天室　　チャットルーム

◎ 媒體曝光率高　　メディアへの露出度が高い

【中文】　【日文】

◎ 警犬　　警察犬

◎ 野狗　　野良犬

◎ 德國狼犬　　ドイツシェパード

◎ 巴哥　　バグ

◎ 柴犬　　柴犬

◎ 小柴犬　　豆柴

◎ 秋田犬　　秋田犬

◎ 哈巴狗	狆（ちん）
◎ 吉娃娃	チワワ
◎ 米格魯	ビーグル
◎ 西施狗	シーズー
◎ 臘腸犬	ミニチュアダックスフンド
◎ 鬥牛犬	ブルドッグ
◎ 牧羊犬	牧羊犬（ぼくようけん）、シェパート
◎ 拉不拉多	ラブラドール
◎ 黃金獵犬	ゴールデンレトリーバ
◎ 博美	ポメラニアン
◎ 馬爾濟斯	マルチーズ
◎ 貴賓狗	プードル
◎ 玩具貴賓	トイプードル
◎ 茶杯貴賓	ディーコッププードル
◎ 杜賓犬	ドーベルマン
◎ 導盲犬	盲導犬（もうどうけん）
◎ 輔助犬	補助犬（ほじょけん）、アシスタンスドッグ
◎ 救難犬	救助犬（きゅうじょけん）、レスキュードッグ
◎ 救助犬	介助犬（かいじょけん）
◎ 導聾犬	聴導犬（ちょうどうけん）
◎ 導盲磚	点字（てんじ）ブロック
◎ 緝毒犬	麻薬捜査犬（まやくそうさけん）
◎ 狗仔隊	パパラッチ

◎ 狂犬病　　狂犬病（きょうけんびょう）

◎ 爆裂物探知犬　　爆弾探知犬（ばくだんたんちけん）

【中文】　　【日文】

◎ 蛇頭　　ヘッドスネック

◎ 驗尿　　小水（しょうすい）をとる

◎ 毒梟　　ドラッグディーラー

◎ 毒品　　麻薬（まやく）

◎ 毒藥　　ポイズン・ピル

◎ 毒品依賴症　　麻薬依存症（まやくいぞんしょう）

◎ 毒癮　　麻薬発作（まやくほっさ）

◎ 毒蟲　　麻薬常用者（まやくじょうようしゃ）、麻薬常習者（まやくじょうしゅうしゃ）

◎ 掃毒　　麻薬取締（まやくとりしま）り、麻薬一掃（まやくいっそう）キャンペーン

◎ 菜蟲　　青果（せいか）ブローカ

例　颱風過後菜蟲哄抬菜價，聽說高麗菜一顆已經漲到兩百元。

台風（たいふう）が過（す）ぎ去（さ）った後（あと）、青果（せいか）ブローカが野菜（やさい）を便乗（びんじょう）値上（ねあ）げしてキャベツが一個（いっこ）200元（げん）まで値上（ねあ）げられたそうだ。

◎ 毒販　　麻薬売買者（まやくばいばいしゃ）

◎ 販賣人口　　人身売買（じんしんばいばい）

◎ 鴉片　　アヘン

◎ 罌粟花　　ケシ

◎ 興奮劑　　覚（かく）せい剤（ざい）

◎ 搖頭丸　　MDMA

◎ 迷幻藥	マリファナ
◎ 避孕藥	ピル
◎ 墮胎藥	中絶（ちゅうぜつ）ピル、ミフェプリストン
◎ 海洛因	ヘロイン
◎ 古柯鹼	コカイン
◎ 氰酸鉀	青酸（せいさん）カリ
◎ 毒奶粉	毒（どく）ミルク
◎ 三聚氰胺	メラミン
◎ 起雲劑	フタル酸（さん）ジオクチル
◎ 塑化劑	可塑剤（かそざい）
◎ 塑化劑（DEHP）	フタル酸（さん）ビス（DEHP）
◎ 反式脂肪	トランス脂肪酸（しぼうさん）
◎ 安非他命	アンフェルタミン
◎ 神奇蘑菇	マジックマッシュルーム
◎ 吸食大麻	大麻吸引（たいま きゅういん）
◎ 流氓	ヤクザ、マフィア
◎ 黑社會	極道（ごくどう）
◎ 小癟三	チンピラ
◎ 角頭老大	親分（おやぶん）
◎ 幫派組織	暴力団（ぼうりょくだん）
◎ 無紙化	ペーパーレス
◎ 無國界	ボータレス
◎ 無性婚姻	セックスレス

◎ 無縫接軌	シームレス
◎ 無國界醫師團	国境(こっきょう)なき医者団(いしゃだん)
◎ 無國界記者團	国境(こっきょう)なき記者団(きしゃだん)
◎ 安全島	安全地帯(あんぜんちたい)
◎ 公民權	市民権(しみんけん)
◎ 博愛座	シルバーシート
◎ 銀髮族	シルバー族(ぞく)
◎ 樂活族	ロハス
◎ 慢活	スローライフ
◎ 頂客族	ディンクス族(ぞく)
◎ 粉領族	OL
◎ 上班族	サラリーマン、サラリーパーソン
◎ 離薪族	脱(だつ)サラ
◎ 御宅族	お宅族(たくぞく)
◎ 新貧族	ワーキングプア
◎ 啃老族	パラサイト・シングル
◎ 單身貴族	独身貴族(どくしんきぞく)
◎ 居家工作	テレワーク
◎ 遠距工作	リモートワーク
◎ 游牧上班族	ノマドワーカー
◎ 知識份子	インテリ
◎ 室內裝潢	インテリア
◎ 居家擺飾	インテリア雑貨(ざっか)

◎ 安養院　老人（ろうじん）ホーム

◎ 縱火案　放火事件（ほうかじけん）

◎ 炒地皮　地（ち）あげ

◎ 小家庭　核家族（かくかぞく）

◎ 大家庭　大家族（だいかぞく）

◎ 清寒家庭　生活保護（せいかつほご）を受（う）ける世帯（せたい）

◎ 隱私權　プライバシー

◎ 恐嚇信　脅迫状（きょうはくじょう）

◎ 存證信函　警告状（けいこくじょう）、警告書（けいこくしょ）

◎ 獵人頭　ヘッドハンティング

◎ 年休假　有給休暇（ゆうきゅうきゅうか）

◎ 產假　出産休暇（しゅっさんきゅうか）

◎ 育嬰假　育児休暇（いくじきゅうか）、育児休業（いくじきゅうぎょう）

◎ 陪產假　出産立会（しゅっさんたちあ）い休暇（きゅうか）

◎ 一例一休　変則的週休二日制（へんそくてきしゅうきゅうふつかせい）

◎ 棄嬰郵筒　赤（あか）ちゃんポスト

◎ 單親家庭　片親家族（かたおやかぞく）

◎ 單親媽媽　シングルマザー

◎ 單親爸爸　シングルファザー

◎ 養父母　里親（さとおや）

◎ 未婚媽媽　未婚母（みこんはは）

◎ 代理孕母　代理母（だいりはは）

◎ 職業婦女　キャリアウーマン

◎ 高齡產婦　　　　　高齡出産（こうれいしゅっさん）

◎ 情緒失控　　　　　キレル

◎ 戀母情節　　　　　マザーコン

◎ 戀父情結　　　　　ファザーコン

◎ 換妻俱樂部　　　　スワッピング

◎ 狎童癖（戀童癖）　ロリコン

◎ 戀男童癖　　　　　正太（しょうた）コン

◎ 兩代同堂　　　　　二世代家族（にせだいかぞく）

◎ 中途之家　　　　　駆け込み寺（かこでら）

收留受到家庭暴力婦女的中途之家，這幾年因為不景氣的關係捐款越來越少，也越來越難維持下去。

家庭内暴力（かていないぼうりょく）を受（う）けた女性（じょせい）を収容（しゅうよう）する駆（か）け込（こ）み寺（でら）は、ここ数年不景気（すうねんふけい）の関係（かんけい）で寄付金（きふきん）が減（へ）る一方（いっぽう）で、運営（うんえい）がますます困難（こんなん）になる状態（じょうたい）である。

◎ 家庭暴力　　　　　家庭内暴力（かていないぼうりょく）（DV）

◎ 貧富差距　　　　　格差社会（かくさしゃかい）

◎ 排富條款　　　　　所得制限（しょとくせいげん）

台灣所發行的消費券並沒有所謂的排富條款，每人都可拿到3600元的消費券。

台湾（たいわん）が発給（はっきゅう）している消費券（しょうひけん）はいわゆる所得制限（しょとくせいげん）がないため、国民（こくみん）全員（ぜんいん）が一人（ひとり）3600元（げん）の消費券（しょうひけん）がもらえる。

◎ 離家出走　　　　　家出（いえで）

◎ 晶片護照　　　　　IC旅券（りょけん）

◎ 跨國婚姻	国際結婚（こくさいけっこん）
◎ 恐嚇電話	脅迫電話（きょうはくでんわ）
◎ 檢舉獎金	報奨金（ほうしょうきん）
◎ 浪費公帑	どんぶり勘定（かんじょう）
◎ 視訊會議	テレビ会議（かいぎ）
◎ 電視辯論	テレビ討論会（とうろんかい）
◎ 獨家新聞	スクープ
◎ 實況轉播	生中継（なまちゅうけい）
◎ 代罪羔羊	スケープゴート

【中文】	【日文】
◎ 颱風	台風（たいふう）
◎ 颶風	ハリケーン
◎ 季風	モンスーン
◎ 微風	そよ風（かぜ）
◎ 龍捲風	竜巻（たつまき）
◎ 熱帶氣漩	サイクロン
◎ 沙塵暴	黄砂現象（こうさげんしょう）
◎ 輕度颱風	小型台風（こがたたいふう）
◎ 中度颱風	中型台風（ちゅうがたたいふう）
◎ 強烈颱風	大型台風（おおがたたいふう）
◎ 共伴效應	藤原効果（ふじわらこうか）
◎ 超級強烈颱風	超大型台風（ちょうおおがたたいふう）

◎ 淹水　　浸水（しんすい）

◎ 灌水　　水増し（みずま）

例 在工程費灌水，並向政府提出不當之費用請求。

工事費（こうじひ）を水増し（みずま）して、政府（せいふ）に不正請求（ふせいせいきゅう）を提出（ていしゅつ）した。

◎ 水災　　水害（すいがい）

◎ 走山　　がけ崩れ（くず）

◎ 餘震　　余震（よしん）

◎ 震央　　震源域（しんげんいき）、震源（しんげん）

◎ 海嘯　　津波（つなみ）

例 發生在東日本的超級大地震及大海嘯，造成無數人命及龐大財物損失，可說已成為日本戰後以來首度遭逢的國難。

東日本（ひがしにほん）で発生（はっせい）した巨大地震（きょだいじしん）と大津波（おおつなみ）は無数（むすう）の人命（じんめい）と甚大（じんだい）な財産（ざいさん）の損失（そんしつ）をもたらし、日本戦後（にほんせんご）初（はじ）めて遭遇（そうぐう）した国難（こくなん）ともいうべきだ。

◎ 災區　　被災区（ひさいく）

◎ 災民　　被災民（ひさいみん）

◎ 逃難　　避難（ひなん）

◎ 賑粥　　炊き出し（ただ）

◎ 海嘯火災　　津波火災（つなみかさい）

◎ 漲水　　増水（ぞうすい）

◎ 暴雨　　ゲリラ豪雨（ごうう）

◎ 秋雨　　時雨（しぐれ）

◎ 堆沙包　　土嚢を積む（どのう・つ）

◎ 防波堤　　防潮堤（ぼうちょうてい）

◎ 漏水率　無収水率（むしゅうすいりつ）、漏水率（ろうすいりつ）

◎ 抽水站　ポンプ所（じょ）

◎ 土石流　土石流（どせきりゅう）、土砂崩（どしゃくず）れ

◎ 漂流木　流木（りゅうぼく）

◎ 消波塊　消波（しょうは）ブロック

◎ 毛毛雨　霧雨（きりさめ）、糠雨（ぬかあめ）

◎ 西北雨　にわか雨（あめ）

◎ 雷陣雨　夕立（ゆうだち）

◎ 暴風雨　嵐（あらし）、暴風雨（ぼうふうう）

◎ （海上）暴風雨　時化（しけ）

◎ 留客雨　やらずの雨（あめ）

◎ 傾盆大雨　土砂降（どしゃぶ）り

◎ 豪雨特報　豪雨注意報（ごううちゅういほう）

◎ 大雨特報　大雨注意報（おおあめちゅういほう）

◎ 山洪爆發　鉄砲水（てっぽうみず）

◎ 海水倒灌　冠水（かんすい）

◎ 地層滑動　地滑（じすべ）り

◎ 低窪地區　ゼロメートル地帯（ちたい）

◎ 山林火災　山火事（やまかじ）

例 美國加州山林大火，截至目前共有五人罹難。

米（べい）カリフォルニアの山火事（やまかじ）、現在（げんざい）に至（いた）るまで５人（にん）が死亡（しぼう）した。

◎ 水土保持　保水機能（ほすいきのう）

◎ 沉砂滯洪　洪水調節（こうずいちょうせつ）

◎ 滯洪池　遊水池（ゆうすいいけ）

◎ 災害預測路徑圖　ハザードマップ

◎ 堰塞湖　堰止湖（せきとめこ）、土砂崩れ（どしゃくず）ダム

◎ 沼澤　沼地（ぬまち）

◎ 旱地　乾燥地（かんそうち）

◎ 邊坡　のり面（めん）

◎ 坡面　地山（じやま）

◎ 地錨　アンカー

◎ 頁岩　シェール、頁岩（けつがん）

◎ 岩盤　岩盤（がんばん）

◎ 砂岩　砂岩（さがん）

◎ 順向坡　流れ盤（ながればん）

◎ 千斤頂　ジャッキ

◎ 板塊　プレート

◎ 海溝　海溝（かいこう）、トラフ

例 專家預測琉球海溝恐怕會引發八級以上的強烈強震。

専門家（せんもんか）では、琉球海溝（りゅうきゅうかいこう）がマグニチュード８以上（いじょう）の巨大地震（きょだいじしん）を引（ひ）き起（お）こす可能性（かのうせい）があると見（み）られている。

◎ 斷層帶　断層帯（だんそうたい）

◎ 芮氏規模　マグニチュード、震度（しんど）

◎ 房屋全倒　家屋全壊（かおくぜんかい）

◎ 房屋半倒　家屋半壊（かおくはんかい）

◎ 避難生活　避難生活（ひなんせいかつ）

◎ 露宿街頭　　路上生活（ろじょうせいかつ）、野外生活（やがいせいかつ）

 海地發生大地震，許多災民被迫露宿街頭。
　ハイチ大地震（だいじしん）が発生（はっせい）し、多（おお）くの被災者（ひさいしゃ）が路上生活（ろじょうせいかつ）に強（し）いられている。

◎ 停水停電　　停電断水（ていでんだんすい）

◎ 輪流停電　　輪番停電（りんばんていでん）

◎ 計畫停電　　計画停電（けいかくていでん）

◎ 全面停電　　ブラックアウト

◎ 跳電　　　　ブレーカーが落（お）ちる

◎ 擁核派　　　原子力推進派（げんしりょくすいしんは）

◎ 反核派　　　反原発派（はんげんぱつは）

◎ 重建工程　　復興作業（ふっこうさぎょう）

◎ 橋墩崩落　　橋崩落（はしほうらく）

◎ 金氏紀錄　　ギネスブック

◎ 特異功能　　超能力（ちょうのうりょく）、霊能力（れいのうりょく）

◎ 維修服務　　メンテナンスサービス

◎ 終身學習　　生涯学習（しょうがいがくしゅう）

◎ 生涯教育　　リカレント教育（きょういく）

◎ 營養午餐　　給食（きゅうしょく）

 現在有許多家長為繳不起營養午餐的費用而煩惱。
　現在多（げんざいおお）くの父兄（ふけい）は給食代滞納（きゅうしょくだいたいのう）の問題（もんだい）に悩（なや）まされている。

◎ 統一口徑　　口調（くちょう）をそろえる

◎ 統一步調　　足並（あしな）みをそろえる

◎ 社區大學　　コミュニティー・カレッジ

◎ 社區電台　コミュニティー放送局

◎ 社區廣場　コミュニティー・プラザ

◎ 社區巴士　コミュニティー・バス

◎ 社區力量　コミュニティー・パワー

◎ 活動中心　コミュニティー・センター

◎ 公告地價　公示価格

◎ 土地徵收　土地収用

◎ 單一窗口　ワンストップサービス

例 為簡化行政程序，政府將提供單一窗口的服務。

行政手続を簡素化させるため、政府はこれからワンストップサービスを提供することになった。

◎ 彈性上班　フレックスタイム制、時差出勤

◎ 落日條款　サンセットロー

◎ 水泥叢林　コンクリート・ジャングル

◎ 司法黃牛　三百代言

◎ 趨勢專家　トレンド専門家

◎ 命理大師　占い師

◎ 靈媒　霊能者

◎ 塔羅牌占卜　タロット占い

◎ 星座算命　星座占い

◎ 心理測驗　心理テスト

◎ 姓名學　姓名判断

◎ 風水學　風水

◎ 靈籤　　おみくじ

◎ 城鄉差距　　地域格差

◎ 跨年晚會　　カウントダウンイベント

◎ 跨年煙火　　カウントダウン花火ショー

例 台北101大樓的跨年煙火秀每年都吸引很多人駐足觀賞。

台北101超高層ビルのカウントダウン花火ショーは毎年いつも多くの人々の観賞の足をひきつけた。

◎ 倒數計時　　カウントダウン

° ° ❀° ° ° ❀° ° ° ❀° °

【中文】	【日文】
◎ 卡奴	多重債務者
◎ 卡債	カード債務、カードローン
◎ 討債公司	取り立て屋
◎ 悠游卡	イージーカード
◎ 集點卡	ポイントカード
◎ 信用卡	クレジットカード
◎ 儲值卡	プリペイドカード
◎ 簽帳卡	デビッドカード
◎ 聯名卡	ハウスカード
◎ 來店禮	チェックインプレゼント
◎ 電話卡	テレホンカード
◎ 提款卡	キャッシュカード
◎ 金融卡	キャッシングカード

◎ 晶片卡	チップカード
◎ 身份卡	ICカード、身分証明書
◎ 居民卡	住民基本台帳カード・住基カード
◎ 居民網絡系統	住基ネットワークシステム・住基ネット
◎ 戶籍謄本	住民票、戸籍謄本
◎ 認同卡	アフィニティ・カード
◎ 聖誕卡	クリスマスカード
◎ 賀年卡	年賀状
◎ 兌換點數	ポイント交換
◎ 爆料	不正暴露
◎ 深喉嚨	ディープスロード
◎ 內衣大盜	下着泥棒
◎ 汽車竊盜	車泥棒
◎ 薪水小偷	月給泥棒
◎ 通識課程	教養課程
◎ 學力測驗	学力テスト
◎ 智力測驗	メンタルテスト
◎ 心理作用	メンタリティー
◎ 新生訓練	オリエンテーション
◎ 推薦入學	推薦入学
◎ 隱匿資產	資産隠し
◎ 勞資糾紛	労使紛争
◎ 濫用職權	職権乱用

◎ 態度軟化　トーンダウン

◎ 天然瓦斯　都市ガス

◎ 液態瓦斯　プロパンガス、LPガス

◎ 千禧年　ミレニアム

◎ 千禧寶寶　ミレニアムベビー

◎ 下崗工人　レイオフ

◎ 由下而上　ボトムアップ

◎ 由上而下　トップダウン

◎ 空降人事　天下り

◎ 本位主義　縦割り行政

例 政府機關本位主義的弊端逐漸浮現。

縦割り行政の弊害が徐々に出ている。

◎ 智慧型犯罪　知能犯罪

◎ 不在場證明　アリバイ

◎ 監視攝影機　監視カメラ

◎ 統籌分配款　地方交付税

◎ 地方回饋金　住民協力金

◎ 富豪排行榜　長者番付

◎ 鑽法律漏洞　法律の網をくぐりぬける

◎ 無障礙空間　バリアフリー

◎ 儲蓄型保險　積み立て型保険

◎ 意外型保險　掛け捨て型保険

◎ 社會安全網　社会的セーフティーネット

◎ 社會工作者　ソーシャルワーカー

◎ 藥妝店（如屈臣式）　ドラッグストア

◎ 掏空公司資產　会社(かいしゃ)を私物化(しぶつか)し、食(く)い尽(つ)くす

◎ 基礎民生設施　ライフライン

◎ 記兩大過免職　懲戒免職(ちょうかいめんしょく)

◎ 兒童安全座椅　チャイルドシート

◎ 駕照相互承認　運転免許(うんてんめんきょ)の相互承認(そうごしょうにん)

◎ 度假打工制度　ワーキングホリデー制度(せいど)

◎ 個人資料外洩　顧客情報流出(こきゃくじょうほうりゅうしゅつ)

◎ 普及化服務　ユニバーサルサービス

◎ 社會地位的象徵　ステータスシンボル

【網路笑話】
インターネットジョーク

「ギャンブル上手」

Ａ：「うちの夫(おっと)のギャンブルの腕(うで)は大(たい)したものよ。」

Ｂ：「あら、うちの人(ひと)だって！」

Ａ：「彼(かれ)ったら初(はじ)めての競馬(けいば)で勝(か)ったのよ、しかも１千元(せんげん)を30万元(まんげん)にしたのよ。」

Ｂ：「うちの人(ひと)のほうがもっとすごいわ。生命保険(せいめいほけん)の保険料(ほけんりょう)を一回(いっかい)払(はら)っただけで、もう3000万元(まんげん)も手(て)に入(い)れたんだもの。」

「賭場高手」

A：「我先生很會賭博。」

B：「是嗎？我先生也很厲害。」

A：「他第一次賭賽馬就贏了，而且是用一千元贏得三十萬元。」

B：「我先生更厲害，他才繳交一次人壽保險費用就贏得三千萬元。」

【單字補給站】
単語補給ステーション

第三篇

常見經貿時事用語篇

【中文】	【日文】
◎ 爆買	爆買（ばくがい）
◎ 集資	クラウドファンディング
◎ （資金）排擠效應	クラウドアウト、クラウディングアウト
◎ 團購	グループ買（が）い、共同購入（きょうどうこうにゅう）
◎ 網購	ネットショッピング、ネット通販（つうはん）
◎ 品牌	ブランド
◎ 自有品牌	プライベートブランド、ＰＢ
◎ 合作品牌	コーラボブランド
◎ 一流名牌	ハイブランド
◎ 指標公司	リーディングカンパニー
◎ 精品	ブティック
◎ 招牌	看板（かんばん）

◎ 王牌　切り札

◎ 名牌　名札

◎ 名片　名刺

◎ 頭銜　肩書き

◎ 車牌　ナンバープレート

◎ 代工　OEM、ODM

◎ 套匯、炒匯　キャリートレード

例 借低利的日圓轉投資高利率的外幣，賺取價差的日圓套匯利行為是造成目前日幣疲軟的主要因素。

低金利の円を高金利の外貨に換えて稼ぐ円キャリートレードが、最近の円安の要因になっていた。

◎ 沖銷　相殺消去

◎ 台商　台湾人ビジネスマン、台湾企業

◎ 商務人士　ビジネスパーソン

◎ 招商　商談会、企業誘致

◎ 商機　ビジネスチャンス

◎ 商圈　コマーシャルエリア

◎ 媒合　マッチング

例 外貿協會的主要工作之一，就是媒合及推動台日企業的策略聯盟。

対外貿易協会の主な仕事の一つとしては、台日ビジネスアライアンスをマッチング及びその推進をすることです。

◎ 危機　ピンチ

◎ 風險　リスク

◎ 減記　棒引き、債務減免

例 歐盟決定對希臘債務減記50%。

EUはギリシャの債務を50%棒引きすることになった。

◎ 曝險　エクスポージャーリスク

◎ 跳票　不渡り

◎ 超貸　不正融資、不正貸付

◎ 貸款　ローン

◎ 房貸　住宅ローン

◎ 聯貸　協調融資、シンジケートローン

◎ 放空（當日沖銷）　ディトレード、空売り

◎ 旺季　書き入れ時

◎ 淡季　閑散期、シーズンオフ

◎ 庫存　棚卸資産、ストック

◎ 黑金（石油收入）　オイルマネー

例 由於油價高漲，產油國家的石油收入大幅增加。

原油価格の高騰によって、産油国家のオイルマネーによる収入が大幅に増加した。

◎ 游資　遊休資本

◎ 副業　サイドビジネス

◎ 理財　財テク

◎ 利潤　マージン、利潤

◎ 美元　ドル

◎ 歐元　ユーロ

◎ 韓圜	ウォン
◎ 泰銖	バーツ
◎ 英鎊	ポンド
◎ 盧布	ルーブル
◎ 披索	ペソ
◎ 台幣	台湾元
◎ 人民幣	人民元
◎ 印尼盾	ルピア
◎ 越南盾	ベトナムドン
◎ 比特幣	ビットコイン、仮想通貨
◎ 虛擬貨幣	仮想通貨、暗号資産
◎ 臉書貨幣	リブラ
◎ 固定虛擬貨幣	ステーブルコイン、ペッグ通貨
◎ 貨幣流通量	マネタリーベース、マネーサプライ
◎ 退稅	税金の払い戻し
◎ 補稅	税金の追納
◎ 內含	内税

例 台灣的發票已經內含5%的營業稅在內。

台湾のレシートは５％の営業税が内税として加算されている。

◎ 外加　外税

例 在日本買東西還要外加10%的消費稅。

日本で買い物する時には10％の消費税が外税として加算される。

◎ 肥貓、肥咖　ファトカ（FATCA）

例 美國國會日前通過「外國帳戶稅收遵從法」，嚴格檢驗肥貓有無逃漏稅。

アメリカの国会（こっかい）はこのほど、いわゆる「外国口座税務（がいこくこうざぜいむ）コンプライアンス法（ほう）」を採択（さいたく）し、厳（きび）しくファトカの脱税（だつぜい）をチェックしている。

◎ 消費稅	消費税（しょうひぜい）
◎ 奢侈稅	贅沢税（ぜいたくぜい）
◎ 遺產稅	相続税（そうぞくぜい）
◎ 贈與稅	贈与税（ぞうよぜい）
◎ 所得稅	源泉所得税（げんせんしょとくぜい）
◎ 增值稅	付加価値税（ふかかちぜい）
◎ 富人稅	金持ち税（かねもちぜい）
◎ 暴利稅	棚ぼた税（たなぼたぜい）
◎ 反貼補稅（補貼稅）	相殺関税（そうさいかんぜい）
◎ 資本利得稅	資本利得税（しほんりとくぜい）、キャピタルゲイン税（ぜい）
◎ 營利事業所得稅	法人税（ほうじんぜい）
◎ 併購	合併買収（がっぺいばいしゅう）（M＆A）
◎ 囤積	買（か）いだめ
◎ 底價	ボーダープライス
◎ 底線	ボーダーライン
◎ 紅線	レッドライン
◎ 合作	協力（きょうりょく）、連携（れんけい）
◎ 委外	アウトソーシング

◎ 海關　　税関（ぜいかん）

◎ 行銷　　マーケティング

◎ 滯銷　　店晒し（たなざらし）

◎ 剪綵　　テープカット

◎ 創業　　起業（きぎょう）

◎ 創投　　ベンチャー企業（きぎょう）、ベンチャーキャピタル

◎ 新創　　スタートアップ企業（きぎょう）

◎ 趨勢　　トレンド

◎ 策略　　ストラテジック

例　大前研一被尊稱為「趨勢大師」、「策略大師」。

大前研一（おおまえけんいち）さんは「トレンド専門家（せんもんか）」や「ミスダ・ストラテジック」といわれている。

◎ 議題　　アジェンダ、イシュー

◎ 大盤　　問屋（とんや）

◎ 名牌當鋪　　ブランド質屋（しちや）

◎ 當鋪　　質屋（しちや）・質店（しちてん）

◎ 流當品　　質流れ（しちながれ）

◎ 銀樓　　貴金属店（ききんぞくてん）

◎ 解約　　クーリングオフ、解約（かいやく）

例　由於黃金高漲，日本出現收購業者強行收購金飾，並且不得中途解約。

金（きん）が高騰（こうとう）したことによって、日本（にほん）には訪問販売業者（ほうもんはんばいぎょうしゃ）が押（お）し買（が）い現象（げんしょう）が現（あらわ）し、そしてクーリングオフができない。

◎ 批發	おろし売り
◎ 批發商	卸売商
◎ 零售	小売
◎ 零賣	ばら売り
◎ 拋售	投売り
◎ 恐慌性賣壓	パニック売り
◎ 傾銷	ダンピング
◎ 反傾銷	アンチダンピング
◎ 升值	切り上げ
◎ 貶值	切り下げ
◎ 匯率	為替レート
◎ 期貨	先物取引
◎ 結算	決済
◎ 毛利	粗利益
◎ 租賃	リース
◎ 呆帳	不良債権、焦げ付く
◎ 折舊	減価償却
◎ 餘額	残高
◎ 股利（紅利）	配当金
◎ 配股	配当
◎ 釋股	株放出
◎ 空頭	売り持ち
◎ 多頭	買い持ち

◎ 保値　価値保全(かちほぜん)

◎ 分股　株(かぶ)を分割(ぶんかつ)する

◎ 炒股　株(かぶ)を売買(ばいばい)する

◎ 買空　空買(からが)い

◎ 賣空　空売(からう)り

◎ 買超　買(か)いこし

◎ 賣超　売(う)りこし

◎ 参股　資本参加(しほんさんか)する

◎ 牛市　強気相場(つよきそうば)、上昇相場(じょうしょうそうば)

◎ 熊市　弱気相場(よわきそうば)、下落相場(げらくそうば)

◎ 個股　銘柄(めいがら)

◎ 股市　株式市場(かぶしきしじょう)

◎ 散戸　個人投資家(こじんとうしか)

◎ 套牢　塩漬(しおづ)け

◎ 停損　損切(そんぎ)り

◎ 停利　利益確定(りえきかくてい)、利食(りぐ)い

◎ 攤平　難平買(なんぴんが)い、ナンピン

◎ 上櫃　店頭市場(てんどうしじょう)

◎ 興櫃　エマージングストック

◎ 指數　インデックス

◎ 護盤　買(か)い支(ささ)え

◎ 避險　リスクヘッジ

◎ 封關　大納会(だいのうかい)

◎ 開紅盤　大発会（だいはっかい）

◎ 佔有率　シェア

◎ 載客率　座席利用率（ざせきりようりつ）、搭乗率（とうじょうりつ）

例 由於高鐵通車，使得國內線航空公司的載客率大幅下滑。

高速鉄道（こうそくてつどう）が開業（かいぎょう）されたため、国内線（こくないせん）の航空会社（こうくうがいしゃ）の座席利用率（ざせきりようりつ）が大幅（おおはば）にダウンした。

◎ 航點　発着空港（はっちゃくくうこう）

◎ 航班　定期便（ていきびん）

◎ 零利率　ゼロ金利（きんり）

◎ 負利率　マイナス金利（きんり）

◎ 殖利率　流通利回り（りゅうつうりまわり）、利回り（りまわり）、イールド

例 義大利十年期國債的殖利率飆升到7%，再度引起世界各國對歐債危機的疑慮。

イタリア10年物国債（ねんものこくさい）の流通利回り（りゅうつうりまわり）が年（ねん）7％に上昇（じょうしょう）したため、再度（さいど）世界各国（せかいかっこく）の欧州債務（おうしゅうさいむ）に対（たい）する危惧（きぐ）を引（ひ）き起（お）こした。

◎ 長期利率比短期利率還低　逆（ぎゃく）イールド

◎ 撙節措施　緊縮策（きんしゅくさく）

例 為因應歐債危機，歐洲各國紛紛採取財政撙節措施。

欧州債権（おうしゅうさいけん）に対応（たいおう）するため、欧州各国（おうしゅうかっこく）は相次（あいつ）いで財政（ざいせい）の緊縮策（きんしゅくさく）を取（と）っている。

◎ 累積虧損　累積損（るいせきぞん）

◎ 風險因素　リスクシナリオ

◎ 全球化　グローバル化（か）

◎ 邊緣化　　周辺化、辺境化

例 由於無法加入區域性的經濟組織，台灣有逐漸被邊緣化的危險。

ブロック的な経済組織に加盟できないため、台湾は次第に周辺化される恐れがある。

◎ 邊緣人　　マージナルマン

◎ 泡沫化　　バブル

◎ 大恐慌　　大恐慌

◎ 大蕭條　　大不況、グレードリセッション

例 2008年美國雷曼兄弟倒閉所引發的全球金融危機，讓世界景氣進入大蕭條，迄今尚未完全復甦。

2008年リーマンショックによってもたらされたグローバル的な金融危機は、世界の景気を一気に大不況の境地に追い込み、未だにまだ完全に回復されていない。

◎ 黑天鵝　　ブラックスワン

◎ 灰犀牛　　グレーリノ、灰色のサイ

◎ 公司債　　社債

◎ 連動債　　仕組み債

◎ 垃圾債　　ジャンク債

◎ 債券危機　　ソブリン債危機

◎ 連鎖店　　チェーン店

◎ 加盟店　　加盟店

◎ 加盟連鎖店　　フランチャイズ店（FC）

◎ 承包商　　サブコン

◎ 權利金	ロイヤルティー
◎ 代理店	エージェンシー
◎ 供應商	サプライヤー
◎ 供應鍊	サプライチェン
◎ 排行榜（信用評比）	ランク付(づ)け
◎ 優先權	プライオリティ
◎ 大企業	大手企業(おおてきぎょう)
◎ 成衣業	アパレル産業(さんぎょう)
◎ 作假帳	粉飾決算(ふんしょくけっさん)
◎ 軟著陸	ソフトランデング
◎ 硬著陸	ハードランデング
◎ 華爾街	ウォールストリート
◎ 大掌櫃	金庫番(きんこばん)
◎ 逾放比	延滞債権(えんたいさいけん)の比例(ひれい)
◎ 本益比	株主資本比率(かぶぬししほんひりつ)、EPS
◎ 庫藏股	金庫株(きんこかぶ)
◎ 創業板	上場投資信託(じょうじょうとうししんたく)、上場投信(じょうじょうとうしん)、ETF
◎ 漲停板	ストップ高(だか)
◎ 跌停板	ストップ安(やす)
◎ 績優股	優良株(ゆうりょうかぶ)
◎ 中概股	中国関連銘柄株(ちゅうごくかんれんめいがらかぶ)
◎ 投機客	スペキュレーター、投機家(とうきか)
◎ 收盤價	大引(おおび)け

◎ 宅經濟	巣篭もり経済、引きこもり経済
◎ 外送業	デリバリー業
◎ 無薪假	一時帰休

例 員工放無薪假

從業員の一時帰休

◎ 假日經濟	休日経済
◎ 夜間經濟	ナイトタイムエコノミー
◎ 董事會	役員会
◎ 大股東	大株主
◎ 交叉持股	持ち合い株
◎ 分紅配股	利益配当
◎ 控股公司	持ち株会社
◎ 金控公司	金融持ち株会社、ホールディングフィナンシャル
◎ 認購權證	オプション取引
◎ 金融資產	ポートフォリオ
◎ 職業股東	総会屋
◎ 股東大會	株主総会
◎ 內線交易	インサイダー取引
◎ 櫃買中心	グレタイ証券市場
◎ 上市公司	上場株会社
◎ 風險警告股（下市審查）	監理銘柄
◎ 未上市股票	未公開株、IPO
◎ 股票選擇權	ストックオプション

◎ 全額交割股	信用取引規制銘柄
◎ 高科技股	ハイテク株
◎ 獲利了結	利食い売りに出る
◎ 慶祝行情	ご祝儀相場
◎ 重貼現率	公定歩合
◎ 官方牌價	公定為替レート
◎ 同時指標	一致指数
◎ 領先指標	先行指数
◎ 售後服務	アフターサービス
◎ 維修服務	メンテナンスサービス
◎ 銷售獎金（誘因）	インセンティブ
◎ 躉售物價	小売価格
◎ 哄抬物價	便乗値上げ
◎ 基準貨幣	基軸通貨
◎ 商業模式	ビジネスモデル
◎ 商務菁英	ビジネスエリート
◎ 商業頭腦	ビジネスセンス
◎ 商務考察	ビジネスミッション
◎ 街頭推銷	キャッチセールス
◎ 金融科技	フィンテック
◎ 哩程數	マイレージ
◎ 最後一哩路	ラストワンマイル
◎ 共用航班	コードシェア

◎ **黃金路線**　　ドル箱路線

例　台日航線是華航的黃金路線。

台日航空路線は中華航空のドル箱路線だ。

◎ **旅客運量**　　旅客輸送力

◎ **貨運運量**　　貨物輸送力

◎ **貨機直航**　　貨物直行便の就航

◎ **延遠區間**　　以遠区間

例　根據新航約的規定，華航貨機可以經由大阪延遠至歐洲。

新しい航空協定によると、中華航空の貨物機は大阪を経由してヨーロッパに以遠することができる。

◎ **黃金三角**　　ゴールデンドライアングル

例　如果台北松山、東京羽田、上海虹橋機場可以形成黃金三角飛航網絡，將來絕對商機無限。

もし、台北の松山、東京の羽田、上海の虹橋空港がいわゆるゴールデンドライアングルの空路ネットワークを形成することができれば、これから絶対に大きなビジネスチャンスがあると思う。

◎ **二手貨**　　セコハン

◎ **暢貨中心**　　アウトレット

◎ **廉價航空公司**　　格安航空会社（LCC）

◎ **縮短營業時間**　　時短営業

例　為因應疫情擴大，日本政府要求所有餐飲業縮短營業時間。

コロナの感染拡大に対処するため、日本政府はすべての飲食店の時短営業を要請した。

【中文】	【日文】
◎ 經濟重建	経済再生（けいざいさいせい）
◎ 策略聯盟	包括的業務提携（ほうかつてきぎょうむていけい）、ビジネスアライアンス
◎ 知識經濟	ノーリッジ・エコノミー、ニューエコノミー、知識経済（ちしきけいざい）
◎ 西進政策	大陸進出政策（たいりくしんしゅつせいさく）
◎ 南向政策	東南（とうなん）アジア投資政策（とうしせいさく）
◎ 吸金效應	資金吸引効果（しきんきゅういんこうか）
◎ 磁吸效應	ストロー効果（こうか）、吸引効果（きゅういんこうか）
◎ 波及效應	波及効果（はきゅうこうか）、スピルオーバー
◎ 反彈效果	スピルバック、跳ね返り効果（はねかえりこうか）
◎ 根留台灣	ルーツを台湾（たいわん）に残す（のこす）
◎ 家族企業	ファミリービジネス
◎ 新興事業	スタートアップ事業（じぎょう）
◎ 跨國企業	多国籍企業（たこくせききぎょう）
◎ 企業治理	コーポレートガバナンス
◎ 產業外移	産業移出（さんぎょういしゅつ）
◎ 精實生產	リーン生産（せいさん）、タクトタイム
◎ 世界工廠	世界工場（せかいこうじょう）
◎ 血汗工廠	ブラック企業（きぎょう）、ブラック会社（がいしゃ）
◎ 電子商務	電子商取引（でんししょうとりひき）、Ｅコマース
◎ 網路公司	ネット企業（きぎょう）

◎ 網路新貴	ネット長者（ちょうじゃ）
◎ 電子新貴	IT長者（ちょうじゃ）
◎ 網路拍賣	ネットオークション
◎ 網路貿易	eビジネス
◎ 購物網站	ショッピングサイト
◎ 電商網購	ネット通販（つうはん）
◎ 跨境電商	クロスボータEコマース
◎ 行銷通路	マーケティングチャンネル
◎ 通路領袖	チャンネルリーダー
◎ 市場機制	マーケットメカニズム
◎ 市場調查	マーケット・リサーチ
◎ 市場准入	マーケットアクセス
◎ 熔斷機制	サーキットブレーカー
◎ 水貨市場	グレーマーケット
◎ 動漫市場	コミックマーケット（コミケ）
◎ 新興市場	新興市場（しんこうしじょう）、エマージングマーケット
◎ 削價競爭	値下（ねさ）げ競争（きょうそう）
◎ 泡沫經濟	バブル経済（けいざい）
◎ 經濟學家	エコノミスト
◎ 共享經濟	シェアリングエコノミー
◎ 成本效益（CP值）	コストパフォーマンス
◎ 資本收益	キャピタルゲイン、資本売却益（しほんばいきゃくえき）
◎ 股利收益	インカムゲイン

◎ 抽銀根　貸しはがし

◎ 緊縮銀根　貸し渋り

◎ 槓桿操作　レバレッジ取引

例 金融機構大玩槓桿操作，才會引發一連串的金融危機。
金融機関がレバレッジ取引をやりすぎて、一連の金融危機を引き起こした最大の原因である。

◎ 仿冒商品　コピー商品

◎ 景氣觸底　景気の底入れ

◎ 景氣衰退　リセッション

◎ 景氣低迷　景気低迷

◎ 音速景氣　ソニックブーム、音速景気

◎ 通貨膨脹　インフレ

◎ 快速通膨　ハイパーインフレ、（超物価高騰）

◎ 緩慢通膨　リフレ（緩やかなインフレ）

◎ 通貨緊縮　デフレ

◎ 出口導向　輸出依存型

◎ 平行輸入　並行輸入

◎ 成本管控　原価管理

◎ 固定開銷　キャパシティーコスト

◎ 能力建構　キャパシティービルディング

◎ 能力建構　キャパシティービルディング

◎ 稅後純益　税引き後利益

◎ 外銷訂單　輸出受注

◎ 閒置資產	遊休資産
◎ 週轉金	運転資金
◎ 資金調度	資金調達
◎ 資金流通（現金流）	キャッシュフロー
◎ 資金外流	資本流出
◎ 資產外逃	キャピタルフライト（資本の逃避）
◎ 資金風險	資金調達リスク
◎ 區塊鏈	ブロックチェーン
◎ 私有鍊	プライベートチェーン
◎ 資產管理	アセットマネジメント
◎ 資產管理諮商	ロボアドバイザー
◎ 互聯網借貸(P2P借貸)	ソーシャルトレーディング
◎ 信用評價(信評)	与信評価
◎ 信用緊縮	クレジットランチ
◎ 信用循環	金融緩和、金融引き締めのサイクル
◎ 信用違約交換	クレジット・デフォルト・スワップ（CDS）
◎ 應收帳款	売掛債権、掛売り金
◎ 應付帳款	買掛債務
◎ 應收票據	受取手形
◎ 存款單	預け入れ票
◎ 提款單	引き出し票
◎ 匯款單	振込み依頼書
◎ 餘額查詢	残高照会

◎ 代收轉付	けっさいだいこう	決済代行
◎ 活期存款	とうざよきん	当座預金
◎ 定期存款	ていきよきん	定期預金
◎ 外匯存底	がいかじゅんびだか	外貨準備高
◎ 外匯指定銀行	がいためしていぎんこう	外為指定銀行（DBU）
◎ 外匯市場	かわせしじょう	為替市場
◎ 拆款利率		コールレート
◎ 隔夜拆款利率		オーバーナイト・コールレート
◎ 短期利率	たんききんり	短期金利
◎ 遠期外匯	さきものかわせ	先物為替
◎ 短期借款	たんきかりいれきん	短期借入金
◎ 設定抵押	ていとうけん　かくりつ	抵当権の確立
◎ 履約保證		エスクロー
◎ 履約保證代理店		エスクローエージェント
◎ 履約保證服務		エスクローサービス
◎ 美林證券	しょうけん	メリルリンチ証券
◎ 花旗銀行		シティーバンク
◎ 渣打銀行		スタンダードチャータード
◎ 境外銀行		オフショアバンキングユニット（OBU）
◎ 承接銀行		ブリッジバンク
◎ 網路銀行		インターネットバンキング
◎ 影子銀行	かげ　ぎんこう	シャドーバンキング（影の銀行）
◎ 次級房貸		サブプライムローン

例 美國次級房貸問題引發英國銀行的擠兌風波，另外德國的中型銀行亦蒙受重大損失。

サブプライムローンというアメリカ国内の住宅問題はイギリスの銀行の取り付け騒ぎにつながり、ドイツの中堅銀行も大きな損失を蒙った。

◎ 歐債危機	ユーロ危機、欧州債務
◎ 微量貸款	マイクロクレジット
◎ 負面表列	ネガティブリスト
◎ 正面表列	ポジティブリスト
◎ 浮動匯率	変動相場制
◎ 固定匯率	固定相場制
◎ 浮動利率	変動金利
◎ 固定利率	固定金利
◎ 負利率	マイナス金利
◎ 中央存保	ペイオフ
◎ 財務報表	財務諸表
◎ 資產負債表	バランスシート（貸借対照表）
◎ 綜合損益表	損益計算書
◎ 現金流量表	キャッシュフロー計算書
◎ 權益變動表	株主資本等変動計算書
◎ 標準普爾	スタンダード＆プアーズ
◎ 雷曼兄弟	リーマンブラザーズ
◎ 高盛集團	ゴールドマンサックス

◎ 匯豐投信	HSBC投信
◎ 貝爾史坦普	ベアースターンズ
◎ 摩根史坦利	モルゲンスタンリー
◎ 摩根大通銀行	JPモルガンチェース
◎ 薄利多銷	薄利多売
◎ 飢餓行銷	ハングリーマーケティング
◎ 往來銀行	取引銀行
◎ 小額貸款	リテール
◎ 微型信貸	マイクロファイナンス
◎ 聯合壟斷	カルテル
◎ 整廠輸出	プラント輸出
◎ 以物易物	バーター取引
◎ 金融危機	通貨危機
◎ 金融諮商	財務コンサルティング
◎ 金磚四國	ブリックス（BRICs）
◎ 成功典範	サクセスストーリー
◎ 商務出差	ビジネス出張
◎ 會展產業	MICE

例 台灣現正在積極推動會展產業，所以南港展覽館建好後會吸引更多國際展示會在台舉行。

台湾は現在積極的にMICE産業を推進しており、そのため、南港展示館が建設されたのち、もっと多くの国際見本市の台湾での開催をひきつけることができる。

◎ 物價上漲　　物価上昇

◎ 景氣停滯　　スタグフレーション、景気停滞

例 景氣停滯除加深失業率外，物價又上漲，可以說是最糟糕的經濟狀態。

スタグフレーションでは、景気停滞で失業率が高まるとともに、物価も上昇することから、最悪の経済状態といえる。

◎ 二次衰退　　二番底

例 日本經濟恐怕會陷入二次衰退的境地。

日本の経済は二番底に陥る恐れがある。

◎ 經濟脫勾理論　　デカップリング（非連動）論

◎ 地產業者　　ディベロッパー

◎ 概括承受　　肩代わり

◎ 外部董事　　社外取締役

◎ 獨立董事　　独立取締役

◎ 血本無歸　　血も元もない

◎ 宏觀調控　　マクロコントロール

◎ 微觀調控　　ミクロコントロール

◎ 供需失調　　需給ギャップ

◎ 當日沖銷　　ディトレード

◎ 避稅天堂　　タックスヘイブン、租税回避地

◎ 避險基金　　ヘッジファンド

◎ 全球基金　　グローバルファンド

◎ 投資基金　　投資ファンド

◎ 公募基金　公募（こうぼ）ファンド

◎ 私募基金　プライベートエクイティファンド

◎ 主權基金　政府系（せいふけい）ファンド（SWF）

例 主權基金的資產規模推估高達2兆7000億美元，且大都積極投入股票、不動產等風險高之投資，也有部份基金是專門在收購外國企業。

政府系（せいふけい）ファンドの資産規模（しさんきぼ）は推計（すいけい）で２兆（ちょう）7000億（おく）ドル。株式（かぶしき）、不（ふ）動産（どうさん）などのリスク投資（とうし）に積極的（せっきょくてき）で、外国企業（がいこくきぎょう）を買収（ばいしゅう）するファンドもある。

◎ 量子基金　クウォンタムファンド

◎ 全球失衡　グローバルインバランス

◎ 保稅倉庫　保税倉庫（ほぜいそうこ）

◎ 政府補貼　政府補助金（せいふほじょきん）

◎ 預算規模　シーリング

◎ 支付寶　アリペイー、アリパパペイー

◎ 第三方支付　イージペイー

◎ 電子錢包　Eウォレット、デジタルウォレット

◎ 現金支付　現金決済（げんきんけっさい）

◎ 行動支付　モバイル決済（けっさい）

◎ 群衆募資　クラウドファンディング

◎ 網路借貸(互利金融)　ソーシャルレンディング

◎ 物價指數　物価指数（ぶっかしすう）

◎ 吉尼係數　ジニ係数（けいすう）

◎ 寡占指數	ハーフィンダール指数
◎ 安倍經濟學	アベノミクス
◎ 李克強經濟學	リコノミクス
◎ 恩格爾係數	エンゲル係数
◎ 凱因斯理論	ケインズ理論
◎ 早期收穫清單	早期収穫リスト、アーリーハーベストリスト
◎ 早期收穫機制	早期収穫措置
◎ 敏感貨品清單	機敏品目リスト、センシティブリスト
◎ 滴水不漏管制措施	キャッチオールコントロール
◎ 房貸擔保證券	モーゲージ債、住宅ローン担保証券
◎ 提高債務上限	債務上限の引き上げ
◎ 大水庫資金管理	プーリング資金
◎ 基本所得保障	ベーシックインカム
◎ 英屬維京群島	イギリス領バージン諸島
◎ 消費者物價指數	消費者物価指数（CPI）
◎ 指數股票型基金(ETF)	上場投資信託、ＥＴＦ
◎ 國民幸福指數	国民幸福量、国民幸福感（GNH）
◎ 短期無擔保票據	コマシュールペーパー
◎ 貿易促進授權法	貿易促進権限（TPA）
◎ 歐洲金融特別檢查	欧州のストレステスト
◎ 降低對公債的依賴	デレバレッジ
◎ 技術性的債務不履行	テクニカルデフォルト
◎ 大到不能倒的金融機關	大きすぎて潰せない金融機関

◎ 前瞻基礎建設計畫　将来を見据えたインフラ建設計画

◎ 以債養債的經營模式　自転車操業

【中文】　**【日文】**

◎ 統包商　EPC事業者

◎ 開發商　開発業者、開発事業者

◎ 工程款項　工事請負代金

◎ 常駐人員（監工）　長期駐在員

◎ 專案管理　プロジェクト管理

◎ 合作夥伴　提携先

◎ 綜合成效　相乗効果

◎ 鄰避型設施　迷惑施設

◎ 現場施做人員　工事現場スタッフ

◎ 整體解決方案　トータルソリューション

◎ 夜間加成　夜間割り増し

例 某些地方的計程車，夜間十一點以後要加收兩成費用。

一部の地区では夜11時過ぎたら、タクシーの運賃が2割り増しになります。

◎ 技術合作　技術提携

◎ 技術轉移　技術移転

◎ 技術革新　イノベーション

◎ 重建商機　復興ビジネス

◎ 宣告破產　破産宣告、破綻宣告

◎ 空殼公司	ダミー会社（がいしゃ）
◎ 紙上公司	ペーパーカンパニー
◎ 地下經濟	アングラ経済（けいざい）
◎ 地下金融	アングラマネー
◎ 地下錢莊	ヤミ金融（きんゆう）
◎ 下水典禮	進水式（しんすいしき）
◎ 下崗工人	レイオフ
◎ 開工典禮	着工式（ちゃっこうしき）
◎ 破土典禮	鍬（くわ）入（い）れ式（しき）
◎ 上樑典禮	棟（とう）上（あ）げ式（しき）
◎ 債務展延	債務（さいむ）繰（く）り延（の）べ
◎ 債務不履行	デフォルト
◎ 監督機制	サーベイランス
◎ 行動綱領	アクションプログラム
◎ 追蹤調查	フォローアップ
◎ 工作小組	ワーキンググループ
◎ 實習制度	インターンシップ
◎ 農產直銷	農産物直売所（のうさんぶつちょくばいじょ）、ファーマーズマーケット
◎ 創業精神	起業家精神（きぎょうかせいしん）
◎ 重新開幕	リニューアルオープン
◎ 幣值重訂（幣制改革）	デノミ、デノミレーション

例 北韓突然實施幣値重訂政策，使社會瀰漫一股不安的情緒。

北朝鮮(きたちょうせん)は突然(とつぜん)デノミ政策(せいさく)を実施(じっし)し、社会全体(しゃかいぜんたい)が不安(ふあん)の雰囲気(ふんいき)が漂(ただよ)っている。

◎ 廣場協定	プラザ合意(ごうい)
◎ 企業領袖	ビジネスリーダー
◎ 專案經理	プロジェクトマネージャ
◎ 專業經理人制度	専門経営人制度(せんもんけいえいにんせいど)
◎ 核心團隊	コアチーム
◎ 統籌管理	トータルマネジメント
◎ 走動管理	モバイルオフィス
◎ 營運經費	オペレーション費用(ひよう)
◎ 閒置資產	非稼動資産(ひかどうしさん)、遊休資産(ゆうきゅうしさん)
◎ 優惠關稅	特恵関税(とっけいかんぜい)
◎ 最惠國待遇	最恵国待遇(さいけいこくたいぐう)
◎ 非關稅障礙	非関税障壁(ひかんぜいしょうへき)
◎ 非關稅措施	非関税措置(ひかんぜいそち)
◎ 平均購買力	購買力平価(こうばいりょくへいか)
◎ 產業空洞化	産業(さんぎょう)の空洞化(くうどうか)
◎ 經濟基本面	経済(けいざい)のファンダメンタルズ
◎ 金融全球化	グローバルファイナンス
◎ 全球化經濟	グローバル経済(けいざい)

◎ 網路博覽會　ネット博覧会

◎ 市場觀察家　マーケットウォッチャ

◎ 貨幣供給額　マネーサプライ

◎ 智慧財產權　知的財産権

◎ 超級營業員　トップセールス

◎ 證券交易員　ディーラー

◎ 證券分析師　証券アナリスト

◎ 證券交易所　証券取り引き所

◎ 搶購委託書　委任状争奪戦

例　每年一到股東大會旺季，各大企業無不卯足全力搶購委託書。

每年、株主大会のシーズンになると、各大手企業はいずれも全力をあげて委任状争奪戦に乗り込んでいる。

◎ 匯率操縱國　為替操作国

◎ 輕油裂解廠　ナフサプラント、ナフサクラッカー

◎ 合作備忘錄　提携覚書（MOU）

◎ 產品代言人　イメージ・キャラクター

◎ 大量客製化　マスカスタマイゼーション

◎ 客製化服務　カスタマサービス

◎ 客製化模組　カスタマイゼーションモジュール

◎ 客製化實力　カスタマイズ力

◎ 政府採購協定　政府調達協定（GPA）

◎ 關稅配額制度	関税(かんぜい)割(わ)り当(あ)て制度(せいど)
◎ 進口配額制度	輸入割当制度(ゆにゅうわりあてせいど)
◎ 緊急進口限制	セーフガード
◎ 企管顧問公司	ベンチャーキャピタル会社(がいしゃ)
◎ 貨幣交換協定	スワップ協定(きょうてい)
◎ 世界銀行	世界銀行(せかいぎんこう)（ＷＢ）
◎ 國際貨幣基金	国際通貨基金(こくさいつうかききん)（IMF）
◎ 亞洲開發銀行	アジア開発銀行(かいはつぎんこう)（ＡＤＢ）
◎ 亞洲基礎設施投資銀行	アジアインフラ投資銀行(とうしぎんこう)（ＡＩＩＢ）
◎ 歐洲復興開發銀行	欧州復興開発銀行(おうしゅうふっこうかいはつぎんこう)（ＥＢＲＤ）
◎ 高風險高利潤	ハイリスク・ハイリターン
◎ 全球運籌中心	グローバル・ロジスティックス・マネジメントセンター
◎ 境外委託業務	オフショアリング
◎ 經濟磁吸效應	経済的吸引効果(けいざいてききゅういんこうか)
◎ 市場進入原則	マーケット・アクセス
◎ 出口信用貸款	バイヤーズ・クレジット
◎ （信用卡）最低繳納額度	リホルビング方式(ほうしき)
◎ 先進工業國家	先進国(せんしんこく)
◎ 開發中國家	途上国(とじょうこく)
◎ 洛桑管理學院	ローザンヌ管理学院(かんりがくいん)（IMD）

◎ 世界經濟論壇	世界経済フォーラム（WEF）
◎ 財政基本收支	プライマリーバランス
◎ 資本密集產業	資本集約型産業
◎ 勞力密集產業	労働力集約型産業
◎ 自由貿易協定	自由貿易協定（FTA）
◎ 經濟合作協定	経済協力協定（EPA）
◎ 資金回流制度	資金還流制度
◎ 境外航運中心	オフショア運輸センター
◎ 金融衍生商品	デリバティブ、金融派生商品
◎ 氣候金融衍生商品	天候デリバティブ
◎ 海外信託憑證	GDR
◎ 美國信託憑證	ADR
◎ 台灣信託憑證	TDR
◎ 公開收購股票	TOB、公開買い付け
◎ 隨機抽樣調查	ランダムサンプリング

例 海關隨機抽樣調查看旅客有否挾帶毒品闖關。

税関はランダムサンプリングの方式で旅客の麻薬品を所持しているかどうかをチェックする。

◎ 不動產泡沫化	不動産バブル化
◎ 貨幣緊縮政策	金融引き締め政策
◎ 寬鬆貨幣政策	量的緩和政策

◎ 一籃子貨幣政策	通貨バスケット制
◎ 布靈頓森林會議	ブレトンウッズ
◎ 跌破七千點大關	七千ポイントを割り込む
◎ 保證最少進口量	ミニマム・アクセス
◎ 企業的社會責任	企業の社会的責任（CSR）
◎ 非關稅貿易障礙	非関税貿易障壁
◎ 非農產品市場進入	非農産品市場アクセス（NAMA）
◎ 海外可轉換公司債	ECB
◎ 貨品暫准通關協定	ATAカルネ （一時免税輸入手続に関する取り決め）
◎ 兩岸經濟合作架構	両岸経済協力枠組み協定（ECFA）
◎ 鮭魚返鄉投資	台湾企業のUーターン投資
◎ 茂物目標（APEC）	ボゴール目標
◎ 亞太自由貿易區	アジア太平洋経済自由貿易圏 エフタープ（FTAAP）
◎ 區域全面經濟夥伴協定	RCEP（アルセップ）
◎ 台幣升值，美元貶值	台湾元高ドル安
◎ 台灣接單，大陸出貨	台湾受注、大陸出荷
◎ 台灣接單，大陸製造	台湾受注、大陸製造
◎ 更緊密經貿關係安排	経済貿易緊密化協定（CEPA）
◎ 環太平洋經濟合作協定	環太平洋経済連携協定（TPP）

◎ 深耕台灣，放眼世界　　台湾を深く耕し、世界に進出する

◎ 美國商業環境風險評估公司　米国のビジネス環境リスク評価会社（BERI）

【網路笑話】インターネットジョーク

「神からの贈り物」

結婚後長年子供に恵まれない妻は、子供を授かるように毎日に祈っておりました。その効があってか、とうとう一人の男の子を授かりました。

しかし、とてもみっともない子でした。

妻は夫に向かって「髪が真っ黒で玉のように色白の男の子をお願いしたのに……」

夫は笑って「まったく君ときたら。神様がこんなすばらしい贈り物をくれたって言うのに、そのラッピングにケチをつけるなんて。」

「神恩賜的禮物」

結婚多年一直沒有生育的妻子，天天禱告希望能懷孕。不知是否祈禱靈驗，她終於生了一個男孩。

但是，嬰兒卻長的很醜。妻子對丈夫說：「我向神明祈禱希望能生個頭髮烏黑亮麗，肌膚潔白如玉的男孩，卻生出一個……」

丈夫笑著說：「哎！你真是的。上帝送了這麼好的禮物給我們，你還嫌包裝不好。」

第四篇

常見國際時事用語篇

【中文】	【日文】
◎ 暗殺	暗殺（あんさつ）
◎ 毒殺	毒殺（どくさつ）
◎ 刺殺	刺殺（しさつ）
◎ 刺客	刺客（しきゃく）
◎ 制裁	制裁（せいさい）
◎ 政變	クーデター
◎ 難民	難民（なんみん）
◎ 示威	デモ
◎ 劫機	ハイジャック
◎ 墜機	墜落（ついらく）
◎ 船難	船難（せんなん）
◎ 擱淺	座礁（ざしょう）、難破船（なんぱせん）

◎ 海盜　　海賊

例 索馬利亞海盜猖獗，各國紛紛派遣艦艇維持治安。

ソマリアの海賊がはびこっているため、各国は相次いで艦隊を派遣して治安維持に当たっている。

◎ 亞丁灣　　アデン湾

◎ 劫車　　カージャック

◎ 劫船　　シージャック

◎ 歸零　　ゼロベース

例 日本首相表示沖繩基地搬遷問題將歸零，一切可能性都不排除。

日本総理は沖縄基地移設の問題はゼローベースにして、あらゆる可能性が排除されていないと表明した。

◎ 人質　　人質

例 人質慘遭殺害。

人質が虐殺された事件。

◎ 臨檢　　立ち入り検査

例 內政部表示，我國絕無法接受其他國家在我專屬經濟海域內，對我國籍漁船進行臨檢。

内政部は、我が国としては他国が我が国の排他的経済水域で我が国の漁船に対する立ち入り検査を到底に受け入れられないと表明した。

◎ 熱線　　ホットライン

◎ 熱點　　ホットスポット

◎ 熱錢　　ホットマネー

◎ 熱狗　ホットドッグ

◎ 熱銷　ヒット、大盛況(だいせいきょう)

◎ 熱門話題　ホット話題(わだい)

◎ 信使　メッセンジャー

◎ 口信　メッセージ

◎ 說客　ロビイスト

◎ 公關　ロビー、広報(こうほう)、PR担当(たんとう)

◎ 白宮　ホワイトハウス

◎ 華府　ワシントン

◎ 川粉　トランプ信者(しんじゃ)、トランプファン

◎ 川黑　アンチトランプ

◎ 脫歐　EU離脱(りだつ)、ブレグジット

◎ 硬脫歐　合意(ごうい)なき離脱(りだつ)、ハードブレグジット

◎ 流亡　追放(ついほう)、亡命(ぼうめい)

◎ 軟禁　軟禁(なんきん)

◎ 釋放　解放(かいほう)

例 國際人權組織要求緬甸軍政府釋放民運領袖翁山蘇姬。

国際(こくさい)アムネスティはミャンマーの軍事政権(ぐんじせいけん)に民主運動(みんしゅうんどう)の指導者(しどうしゃ)オーンサンスージ女史(じょし)の解放(かいほう)を求(もと)めた。

◎ 宵禁　夜間外出禁止令(やかんがいしゅつきんしれい)

◎ 鐵幕　鉄(てつ)のカーテン

◎ 願景　ビジョン

◎ 雙贏　ウィンウィン

◎ 三贏　　トリプルウィン

◎ 撤回　　撤収

例 英國決定撤回派駐伊拉克的軍隊。

イギリスはイラク駐留軍を撤収させると決めた。

◎ 智庫　　シンクタンク

◎ 回報　　見返り

例 上次六方會談同意，只要北韓確實遵守廢除核子設施的功能，以此作為回報，其他國家將提供能源方面的協助。

前回の六カ国協議合意では、北朝鮮の核施設無能力化の見返りに、その他の国はエネルギーを含める支援を行うことになっている。

◎ 交往　　エンゲージメント

◎ 圍堵　　封じ込め

例 美國重返亞洲，重交往而非圍堵。

アメリカのアジアへの回帰は、重点はエンゲージメントであり、封じ込めではない。

◎ 聖戰　　ジハード

◎ 聖戰士　　ジハーディスト

◎ 鷹派　　タカ派

◎ 鴿派　　ハト派

◎ 中立派　　中立派

◎ 強硬派　　強硬派

◎ 溫和派　　穏健派

◎ 自由派　リベラル派（は）

◎ 激進派　過激派（かげきは）

◎ 終結者　ターネミーター

◎ 挖牆腳　切り崩し工作（き くず こうさく）

例 中國從未停止挖我外交牆角。

中国（ちゅうごく）は一度（いちど）もわが国（くに）の外交（がいこう）切（き）り崩（くず）し工作（こうさく）をやめたことはない。

◎ 游擊隊　ゲリラ

◎ 陸戰隊　海兵隊（かいへいたい）

◎ 敢死隊　決死隊（けっしたい）

◎ 後勤補給　兵站部（へいたんぶ）

◎ 反抗軍　武装集団（ぶそうしゅうだん）

◎ 軍政府　軍事政権（ぐんじせいけん）

例 緬甸軍政府用武力鎮壓抗議的僧侶及民衆。

ミャンマー軍事政権（ぐんじせいけん）は武力（ぶりょく）でデモ活動（かつどう）に参加（さんか）した僧侶（そうりょ）や民衆（みんしゅう）を弾圧（だんあつ）した。

◎ 反政府示威遊行　反体制（はんたいせい）デモ活動（かつどう）

◎ （泰國）紅衫軍　反独裁民主戦線（はんどくさいみんしゅせんせん）（UDD）

例 阿比希總理雖然拒絕紅衫軍的要求，但同意與紅衫軍代表進行對話展現解決事件的誠意，不過紅衫軍17日仍然舉行示威，泰國的緊張狀態並未解除。

アビシット首相（しゅしょう）はUDDの要求（ようきゅう）を拒否（きょひ）する一方（いっぽう）、UDD代表（だいひょう）との対話（たいわ）に応（おう）じ、事態（じたい）の収拾（しゅうしゅう）を図（はか）る姿勢（しせい）を示（しめ）したが、UDDは17日（にち）も同様（どうよう）の抗議行動（こうぎこうどう）を行（おこな）う姿勢（しせい）で、タイの緊張状態（きんちょうじょうたい）が続（つづ）いている。

◎ 泰國黃衫軍　黄色(きいろ)いシャツグループ（PAD）
市民民主化同盟(しみんみんしゅかどうめい)

◎ 清真寺　モスク

◎ 清真認證　ハラール、ハラル

◎ 遜尼派　スンニ派(は)

◎ 什葉派　シーア派(は)

◎ 哈瑪斯　ハマス

◎ 真主黨　ヒズボラ

◎ 庫德族　クルド人(じん)

◎ 伊斯蘭國　ＩＳＩＳ

◎ 博科聖地　ボコ・ハラム

◎ 穆斯林兄弟會　ムスリム同胞団(どうほうだん)

◎ 法西斯　ファシスト

◎ 齋戒月　ラマダン、断食月(だんじきづき)

◎ 朝聖者　巡礼者(じゅんれいしゃ)

◎ 朝聖　大巡礼(だいじゅんれい)

◎ 觀察員　オブザーバー

例 我以觀察員身分申請加入世界衛生組織。

わが国(くに)はオブザーバーとして世界保健機関(せかいほけんきかん)に加盟(かめい)した。

◎ 大衛營　キャンプ・デービット

例 大衛營向來是美國總統渡假的地點。

キャンプ・デービットは昔(むかし)からアメリカ大統領(だいとうりょう)の休暇(きゅうか)を過(す)ごす憩(いこ)いの場所(ばしょ)だ。

◎ **難民營**　難民キャンプ

◎ **屯墾區**　入植地

◎ **第二軌**　トラックツー

◎ **平衡者**　バランサー

例 韓國總統盧武鉉表示，韓國願意扮演區域平衡者的角色。

韓国の盧武鉉大統領は、韓国は地域のバランサーの役割を演じたいと表明した。

◎ **轉捩點**　ターニング・ポイント

◎ **境外平衡者**　オフショア・バランサー

例 美國因財政衰退，越來越無力扮演境外平衡者的角色。

アメリカは財政難のため、ますますオフショア・バランサーの役割を果たせなくなる。

◎ **再平衡**　リバランス

例 這幾年美國高唱回歸亞洲，對亞太地區採取再平衡的政策，藉此圍堵中國的擴張策略。

ここ数年、アメリカはアジア回帰のもと、アジア太平洋地域に対してリバランスの政策を取り、これによって中国の拡張戦略を抑止しようとしている。

◎ **轉捩點**　ターニング・ポイント

◎ **停損點**　ダメージ・コントロール

例 美國必須設定一個停損點，以避免戰事持續擴大。

アメリカはダメージコントロールを設定し、これ以上戦争を拡大してはならない。

◎ 通俄門	ロシアゲート
◎ 地緣政治	地政学（ちせいがく）、ジオポリティクス
◎ 地緣經濟	地経学（ちけいがく）、ジオエコノミクス
◎ 陸權國家	ランドパワー
◎ 海權國家	シーパワー
◎ 國會山莊（美）	連邦議会議事堂（れんぽうぎかいぎじどう）
◎ 橢圓形辦公室（白宮）	大統領執務室（だいとうりょうしつむしつ）
◎ 權力轉移	権力移譲（けんりょくいじょう）
◎ 投奔自由	政治亡命（せいじぼうめい）
◎ 民衆暴動	民衆蜂起（みんしゅうほうき）
◎ 失能國家	破綻国家（はたんこっか）
◎ 流氓國家	ならず者国家（ものこっか）
◎ 立即下台	即時辞任（そくじじにん）
◎ 中東革命	中東革命（ちゅうとうかくめい）
◎ 阿拉伯之春	アラブの春（はる）
◎ 茉莉花革命	ジャスミンの革命（かくめい）
◎ 法國大革命	フランス革命（かくめい）
◎ 美國獨立運動	アメリカ独立革命（どくりつかくめい）
◎ 文明的衝突	文明の衝突（ぶんめいのしょうとつ）
◎ 天皇退位	天皇退位（てんのうたいい）
◎ 生前退位	生前退位（せいぜんたいい）
◎ 皇室典範	皇室典範（こうしつてんぱん）

【中文】	【日文】
◎ 單邊主義	ユニラテラニズム
◎ 多邊主義	マルチラテラニズム
◎ 一極主義	一極集中主義（いっきょくしゅうちゅうしゅぎ）
◎ 民族主義	ナショナリズム
◎ 霸權主義	覇権主義（はけんしゅぎ）
◎ 人道主義	人道主義（じんどうしゅぎ）
◎ 恐怖主義	テロリズム
◎ 社會主義	社会主義（しゃかいしゅぎ）
◎ 共產主義	共産主義（きょうさんしゅぎ）
◎ 資本主義	資本主義（しほんしゅぎ）
◎ 重商主義	重商主義（じゅうしょうしゅぎ）
◎ 本位主義	セクショナリズム
◎ 利己主義	利己主義（りこしゅぎ）
◎ 排外主義	排外主義（はいがいしゅぎ）
◎ 分離主義	分離主義者（ぶんりしゅぎしゃ）
◎ 民粹主義	ポピュリズム
◎ 馬克斯主義	マルクス主義（しゅぎ）
◎ 法西斯主義	ファシズム
◎ 伊斯蘭主義	イスラム主義（しゅぎ）
◎ 聖戰主義者	ジハード主義者（しゅぎしゃ）
◎ 船旗國主義	旗国主義（きこくしゅぎ）
◎ 六方會談	六カ国協議（ろっこくきょうぎ）

◎ 超級強權　　超大国（ちょうたいこく）

◎ 零和遊戲　　ゼロサム・ゲーム

例 海峽兩岸不應該是零和遊戲的競合關係，而應該是互利共生的關係。

海峡両岸（かいきょうりょうがん）はゼロサム・ゲームのような競合関係（きょうごうかんけい）であるべきではなく、互恵共生（ごけいきょうせい）の関係（かんけい）であるべきだ。

◎ 全球治理　　グローバルガバナンス

◎ 和平紅利　　ピースボーナス

◎ 人口紅利　　人口（じんこう）ボーナス

◎ 人口負擔　　人口（じんこう）オーナス

◎ 相乘效果　　プラスサムゲーム

◎ 伙伴關係　　パートナーシップ

◎ 戰略伙伴關係　　戦略的（せんりゃくてき）パートナーシップ

◎ 建設性伙伴關係　　建設的（けんせつてき）パートナーシップ

◎ 亞洲再保證倡議法案　　アジア再保障（さいほしょう）イニシアチブ法案（ほうあん）

◎ 台日特別伙伴關係促進年　　台日特別（たいにちとくべつ）パートナーシップ促進年（そくしんねん）

◎ 香格里拉對話　　シャングリラダイアローグ

【中文】　　【日文】

◎ 塑膠子彈　　ゴム弾（だん）

◎ 強力水柱　　放水銃（ほうすいじゅう）

◎ 炸彈攻擊　　爆弾（ばくだん）テロ

◎ 自殺炸彈　　自爆（じばく）テロ

◎ 火車爆炸案　列車同時爆破テロ

例 日前於西班牙馬德里近郊發生的火車爆炸案四位嫌疑犯，在受警察圍困後引爆炸彈自殺。

スペイン・マドリード郊外で、先の列車同時爆発テロの容疑者四人が警察の包囲で追い詰められ爆弾で自爆した。

◎ 回教激進團體　イスラム過激派

◎ 宗教狂熱份子　狂信的な宗教団体

◎ 回教基本教義派　イスラム原理主義派

◎ 塔米爾解放之虎　タミルイーラム解放のトラ

◎ 九一一恐怖攻擊　9・11テロ事件、米中枢同時多発テロ事件

◎ 邪惡軸心　悪の枢軸

◎ 流氓國家　ならず者国家

◎ 恐怖份子　テロリスト

◎ 恐怖活動　テロ

◎ 恐怖組織　テロ組織

◎ 反恐戰爭　反テロ戦争

◎ 報復行動　報復攻撃

◎ 蓋達組織　アルカーイダ

例 美國總統歐巴馬凌晨臨時召開記者會，正式宣佈蓋達組織首腦賓拉登，已遭美國特種部隊擊斃。

アメリカのオバマ大統領は、午前零時緊急記者会見を開き、アルカーイダの首脳ビンラーディン氏がアメリカの特殊部隊によって殺害されたと発表した。

◎ 先發制人　　先制攻撃（せんせいこうげき）

◎ 仇恨言論　　ヘイトスピーチ、ヘイトクライム

◎ 種族淨化　　民族浄化（みんぞくじょうか）

◎ 種族滅絕（大屠殺）　　ジェノサイド、ホロコースト

◎ 加薩走廊　　ガザ地区（ちく）

◎ 北高加索　　北（きた）カフカス

◎ 黑寡婦　　黒（くろ）の未亡人（みぼうじん）

例 北高加索境內的車臣共和國，有一群為夫報仇專門執行自殺炸彈攻擊的婦女，人稱「黑寡婦」。

北（きた）カフカスのチェチェン共和国（きょうわこく）には、夫（おっと）の仇（かたき）をとるため自殺爆弾（じさつばくだん）テロを執行（しっこう）している女性（じょせい）がおり、黒（くろ）の未亡人（みぼうじん）といわれている。

◎ 主權移轉　　主権移譲（しゅけんいじょう）

◎ 體制變更　　レジームチェンジ

◎ 權力變更　　パワーシフト

◎ 權力轉移　　パワートランジション

◎ 和平崛起　　平和的台頭（へいわてきたいとう）

◎ 中國崛起　　中国（ちゅうごく）の台頭（たいとう）

◎ 民主社群　　デモクラシー・コミュニティー

◎ 威權統治　　権威主義的政治体制（けんいしゅぎてきせいじたいせい）

◎ 區域阻隔　　領域拒否（りょういききょひ）（AD）

◎ 人工島礁　　岩礁埋め立て（がんしょううめたて）、人工島（じんこうとう）

◎ 第一島鍊　　第一列島線（だいいちれっとうせん）

◎ 第二島鍊　　第二列島線（だいにれっとうせん）

例 中國的海軍勢力已經突破第二島鍊，威脅周邊國家的安全。

中国の海軍勢力はすでに第二列島線を突入し、周辺国家の安全保障に脅威を与えている。

◎ 反介入能力　接近阻止（A2）

◎ 跛鴨現象　レイムダック

例 雖然任期即將結束，陳水扁總統絲毫沒有跛鴨現象。

じき任期終了ではあるが、陳水扁総統はちっともレイムダックのような気配はない。

◎ 五角大廈　ペンタゴン、米国防総省

◎ 水門事件　ウォーターゲート事件

◎ 文官統治　シビリアンコントロール

◎ 國際合作　国際連携

◎ 無縫接軌　シームレスな対応、隙間なき対応

◎ 修理日本　ジャパンパッシング

◎ 共同聲明　共同声明

◎ 聯合公報　共同コミュニケ

◎ 施政報告　所見演説、施政報告

◎ 國情諮文　一般教書演説

例 歐巴馬總統在國會發表國情諮文。

オバマ大統領は国会で一般教書演説を行った。

◎ 到任國書　信任状

◎ 活路外交　活路外交

◎ 外交休兵　外交休戦

例 馬政府上台後即提倡活路外交和外交休兵的政策。

ばせいけん　ほっそく　　　いらい　かつろがいこう　　がいこうきゅうせん　せいさく　とな

馬政権が発足して以来、活路外交と外交休戦の政策を唱えている。

◎ 踏實外交	着実外交、堅実外交
◎ 叩首外交	土下座外交
◎ 軟弱外交	弱腰外交
◎ 預防外交	予防外交
◎ 白痴外交	間抜け外交
◎ 恫嚇外交	恫喝外交
◎ 穿梭外交	シャトル外交
◎ 金錢外交	金銭外交
◎ 烽火外交	火付け外交
◎ 交易外交	損得外交
◎ 大國外交	大国外交
◎ 奉承外交	おもねり外交
◎ 朝貢外交	朝貢外交
◎ 宣傳文化外交	パブリックディプロマシー
◎ 外交決策階層	外交エスタブリッシュメント
◎ 雙邊關係	二国間関係、バイ関係
◎ 多邊關係	多国間関係
◎ 雙重標準	ダブルスタンダード
◎ 談判專家	ディールメーカー、交渉人
◎ 四方會談	クアッド（日米豪印戦略対話）
◎ 走鋼索式外交	瀬戸際外交

ちゃくじつがいこう　けんじつがいこう

どげざがいこう

よわごしがいこう

どうかつがいこう

がいこう

きんせんがいこう

ひつ　　がいこう

そんとくがいこう

たいこくがいこう

がいこう

ちょうこうがいこう

にこくかんかんけい　　　　かんけい

たこくかんかんけい

にちべいごういんせんりゃくたいわ

せとぎわがいこう

◎ 修昔底德陷阱　　　　　ツキディディスの罠_{わな}

 舊的大國無法容許新的大國崛起，雙方終必一戰之謂。

◎ 金德爾伯格陷阱　　　　キンドルバーガーの罠_{わな}

 全球全力轉移過程中，如新興大國無法承擔領導責任，將導致國際
　　秩序失衡及全球經濟混亂。

◎ 塔利班政府　　　　　　タリバン政権_{せいけん}

◎ 集團自衛權　　　　　　集団的自衛権_{しゅうだんてきじえいけん}

◎ 普天間基地搬遷問題　　普天間基地移設問題_{ふてんまきちいせつもんだい}

◎ 元首高峰會　　　　　　首脳会談、サミット_{しゅのうかいだん}

◎ 超級星期二　　　　　　スーパーチューズデー

十一月的美國總統大選，共和、民主兩黨為爭取黨內提名，二月五
日總共有超過二十個州以上舉行黨內初選的所謂「超級星期二」，
現正步入高潮。

11月の米大統領選に向けた共和、民主両党の指名獲得争いは、
20州以上で選挙が行われる2月5日の「スーパーチューズデー」
でピークを迎える。

◎ 亞太經合會　　　　　　アジア太平洋経済協力会議（APEC）

◎ 資深官員會議　　　　　高級実務者会合

我將參加在韓國舉行的亞太經合會資深官員會議。

わが国は韓国で行われるAPEC高級実務者会合に出席する。

◎ 世界貿易組織　　　　　世界貿易機関（WTO）

◎ 經濟合作發展組織　　　経済協力開発機構（OECD）

◎ 美洲國家組織	米州機構（OAS）	べいしゅう きこう
◎ 非洲民族會議	アフリカ民族会議（ANC）	みんぞくかいぎ
◎ 非政府組織	NGO	
◎ 非營利組織	NPO	
◎ 華盛頓公約	ワシントン条約	じょうやく
◎ 里斯本條約	リスボン条約	じょうやく
◎ 國際法庭	国際司法裁判所	こくさいしほうさいばんしょ
◎ 常任理事國	常任理事国	じょうにんりじこく
◎ 聯合國秘書長	国連事務総長	こくれんじむそうちょう
◎ 聯合國安理會	国連安全保障理事会	こくれんあんぜんほしょうりじかい
◎ 聯合國分擔金	国連分担金	こくれんぶんたんきん
◎ 國際特赦組織	国際アムネスティ	こくさい
◎ 國際貨幣基金	国際通貨基金（IMF）	こくさいつうかききん
◎ 國際原能總署	国際原子力機関（IAEA）	こくさいげんしりょくきかん
◎ 國際民航組織	国際民間航空機関（ICAO）	こくさいみんかんこうくうきかん
◎ 國際機場協會	国際空港評議会（ACI）	こくさいくうこうひょうぎかい
◎ 國際海事組織	国際海事機関（IMO）	こくさいかいじきかん
◎ 國際電信組織	国際電気通信連合（ITU）	こくさいでんきつうしんれんごう
◎ 國際刑警組織	国際刑事警察機構（ICPO）	こくさいけいじけいさつきこう
◎ 世界衛生組織	世界保健機関（WHO）	せかいほけんきかん
◎ 世界氣象組織	世界気象機関（WMO）	せかいきしょうきかん
◎ 聯合國糧食組織	国連食糧機関（FAO）	こくれんしょくりょうきかん
◎ 聯合國裁軍委員會	国連軍縮委員会	こくれんぐんしゅくいいんかい

◎ 聯合國難民高等事務官　国連難民高等弁務官（こくれんなんみんこうとうべんむかん）

◎ 美國總統大選　米大統領選（べいだいとうりょうせん）

◎ 聯合國維和部隊　国連平和維持活動（こくれんへいわいじかつどう）（PKO）

◎ 聯合國武檢小組　国連監視検証査察委員会（こくれんかんしけんしょうささついいんかい）

◎ 聯合國兒童基金　国連児童基金（こくれんじどうききん）（ユニセフ）

◎ 聯合國永續發展目標　国連持続可能な発展目標（こくれんじぞくかのうはってんもくひょう）（SDGs）

◎ 聯合國氣候變化綱要公約　国連気候変遷枠組み条約（こくれんきこうへんせんわくぐじょうやく）（UNFCCC）

◎ 聯合國大陸礁層劃界委員會　国連大陸棚限界委員会（こくれんたいりくだなげんかいいいんかい）

◎ 巴勒斯坦解放組織　パレスチナ解放機構（かいほうきこう）

◎ 對中解除武器禁運　対中武器禁輸解除（たいちゅうぶききんゆかいじょ）

◎ 聯合國教科文組織　国連教育科学文化機関（こくれんきょういくかがくぶんかきかん）（ユネスコ）

◎ 美日防衛合作新指針　ガイドライン

【中文】　【日文】

◎ 教宗　ローマ法王（ほうおう）

◎ 主教　司教（しきょう）

◎ 教徒　信者（しんじゃ）

◎ 佛教　仏教（ぶっきょう）

◎ 道教　道教（どうきょう）

◎ 儒教　儒教（じゅきょう）

◎ 回教　イスラム教（きょう）

◎ 大主教　大主教（だいしゅきょう）

◎ 新教徒　プロテスタント

◎ 傳教士　宣教師

◎ 天主教　カトリック教

◎ 穆斯林　ムスリム

◎ 基督教　キリスト教

◎ 基督徒　クリスチャン

◎ 猶太教　ユダヤ教

◎ 摩門教　モルモン教

◎ 印度教　ヒンズー教

◎ 東正教　ロシア正教

◎ 喇嘛教　ラマー教

◎ 山達基　サイエントロジー

◎ 樞機主教　枢機卿

◎ 神職人員　聖職者

◎ 虔誠信徒　敬虔な信者

◎ 無神論者　不信心者

◎ 最後通牒　最後の通告

◎ 最後期限　デッドライン

◎ 口頭應酬　リップサービス

例 布希總統在與溫家寶總理會晤時，雖曾提及反對台灣獨立，然那純粹是美國想爭取中國支持其反恐戰爭之口頭應酬罷了。

ブッシュ大統領は温家宝総理と会見した際に、台湾独立反対と言及したが、それはあくまでもアメリカが中国の反テロ戦争への支持を勝ち取るためのリップサービスにすぎない。

◎ 和平路線圖　ロードマップ

◎ 新保守主義　ネオコン

◎ 切香腸戰術　サラミ戦術

◎ 美國參議院　米上院

◎ 美國衆議院　米下院

◎ 美國國安會　米国家安全保障会議（NSC）

◎ 選舉觀察團　選挙監視団

◎ 新反恐法案　新テロ法案

◎ 孤狼式恐攻　ローンウルフ、一匹狼テロ

◎ 新聞評論員　ニュースコメンテーター

◎ 可行性評估　フィージビリティー・スタディー

◎ 案例研究　ケーススタディー

◎ 種族隔離政策　アパルトヘイト

◎ 中美洲移民潮　移民キャラバン、中米の移民

◎ 多國維和部隊　多国籍平和維持軍

◎ 可敬的交涉對手　タフネゴシエーター

例 彼此承認對方是可敬的交涉對手。

お互いに相手はタフネゴシエーターであると認める。

◎ 英國脫歐公投　ブレッグジット、イギリスのEU離脱

◎ 國際治安維持部隊　国際治安支援部隊（ISAF）

◎ 專屬經濟海域　排他的経済水域、EEZ

◎ 胡蘿蔔與棍棒　アメとムチ

◎ 蓋洛普輿論調查　ギャラップ世論調査

◎ **最高掌權者**　　最高実力者

◎ **利害關係者**　　ステークホルダー

◎ **負責任的利害關係者**　　責任あるステークホルダー

例　美國希望中國能扮演區域間負責任的利害關係者的角色。

米国は中国が地域間の責任あるステークホルダーとしての振る舞いを求めた。

◎ **美國參議院多數黨領袖**　　米上院院内総務

【網路笑話】インターネットジョーク

ある男には息子が三人いて、「うれし」、「めでたし」、「おもしろし」とめでたい名前をつけた。

父親が病気になったので、末のおもしろしが看病し、上の二人は狩に行った。父親は急に死んでしまったのでおもしろしは兄を呼びに懸命に走った。

「うれし、めでたし、父親が死んだ！」

「ほんに死んだか、おもしろし！」

某位男子有三個兒子，分別取名為「高興」、「恭喜」、「有趣」的吉祥名字。

後來，該男子生病，最小的兒子「有趣」去照顧父親，上面兩個哥哥則去打獵。然而，父親突然過世，「有趣」拼命跑去通知哥哥們。

「高興、恭喜，父親死了！」

「真的死了嗎？有趣」

第五篇

常見軍事時事用語篇

【中文】	【日文】
◎ 軍售	武器売却（ぶきばいきゃく）
◎ 裁軍	軍縮（ぐんしゅく）
◎ 擴軍	軍拡（ぐんかく）
◎ 閱兵	軍事（ぐんじ）パレード
◎ 核武	核兵器（かくへいき）
◎ 稀土	レアアース
◎ 稀有金屬	レアメタル
◎ 巷戰	市街戦（しがいせん）
◎ 冷戰	冷戦（れいせん）
◎ 聖戰	ジハード
◎ 武官	防衛駐在官（ぼうえいちゅうざいかん）
◎ 撤僑	脱出（だっしゅつ）、退避（たいひ）

例 美國政府用專機強力進行撤僑工作。

米国政府がチャーター機による米国系住民の脱出作戦を強力に進めている。

◎ 撤除　　撤去

例 撤除飛彈。

ミサイルを撤去する。

◎ 拆除　　撤廃

例 拆除飛彈。

ミサイルを撤廃する。

◎ 對準　　照準を合わせる

例 中國現有3000枚左右的飛彈對準著台灣。

中国は現在3000基ぐらいのミサイルが台湾に照準を合わせている。

◎ 聲納　　ソナー

◎ 水雷　　機雷

◎ 地雷　　地雷

◎ 打雷　　雷が落ちる

◎ 打壓　　押し付け

例 中國處處打壓台灣。

中国は至る所で台湾を押し付けようとしている。

◎ 屍袋　　遺体収容バッグ

◎ 髒彈　　ダーティーボム、汚い爆弾

◎ 安檢　　セキュリティーチェック

◎ 塔台　　　　　　　　　管制塔（かんせいとう）

◎ 篩選　　　　　　　　　スクリーニング

◎ 誤判　　　　　　　　　ミスジャッジ

◎ 炭疽菌　　　　　　　　炭そ菌（たん　きん）

◎ 鼠疫菌　　　　　　　　ペスト菌（きん）

◎ 細菌戰　　　　　　　　細菌戦（さいきんせん）

◎ 資訊戰　　　　　　　　情報戦（じょうほうせん）

◎ 超限戰　　　　　　　　超限戦（ちょうげんせん）

◎ 格鬥戰（空戰模式）　　ドッグファイト

◎ 曳光彈　　　　　　　　フレア

◎ 禁航區　　　　　　　　飛行禁止区域（ひ こうきん し　く いき）

◎ 中子彈　　　　　　　　中性子爆弾（ちゅうせい し ばくだん）

◎ 脈衝彈　　　　　　　　EMP爆弾（ばくだん）（電子機器機能破壊爆弾）（でん し き き の う は かいばくだん）

◎ 耗鈾彈　　　　　　　　劣化ウラン弾（れっ か　だん）

◎ 火箭彈　　　　　　　　ロケット弾（だん）

◎ 電磁砲　　　　　　　　レールガン、電磁投射砲（でん じ とうしゃほう）

◎ 攻防戰　　　　　　　　陣取り合戦（じん ど　がっせん）

　例　台灣與中國正展開激烈的外交攻防戰。
　　　台湾と中国の外交的な陣取り合戦が展開される。（たいわん　ちゅうごく　がいこうてき　じん ど　がっせん　てんかい）

◎ 拉鋸戰　　　　　　　　シーソーゲーム

◎ 停戰區　　　　　　　　非武装地区（ひ ぶ そう ち く）

◎ 緩衝區　　　　　　　　バッファゾーン

◎ 38度線　　　　　　　　軍事境界線（ぐん じ きょうかいせん）

南韓總統盧武鉉用徒步的方式跨過南北韓38度線。

かんこく ノム ヒョンだいとうりょう　と ほ　ぐん じ きょうかいせん　わた
韓国の盧武鉉大統領は徒歩で軍事境界線を渡った。

◎ 神盾艦	イージス艦
◎ 紀德艦	キッド級駆逐艦
◎ 驅逐艦	フリゲート艦
◎ 護衛艦	護衛艦
◎ 獵雷艦	掃海艇、機雷掃討艇
◎ 補給艦	補給艦
◎ 巡邏艇	巡視艇
◎ 巡防艦	哨戒艦
◎ 潛水艇	潜水艦
◎ 柴油潛艇	ディーゼル潜水艦
◎ 拉法葉艦	ラファイエット
◎ 航空母艦	航空母艦、空母
◎ 核子動力潛艇	原潜、原子力潜水艦
◎ 核子動力航母	原子力空母

° ° ❀ ° ° ° ❀ ° ° ° ❀ ° °

【中文】	【日文】
◎ 網軍	サイバー部隊
◎ 飛行員	パイロット
◎ 太空梭	スペースシャトル
◎ 太空站	宇宙ステーション
◎ 太空人	宇宙飛行士

◎ 外星人　宇宙人（うちゅうじん）

◎ 太空電梯　宇宙（うちゅう）エレベーター

◎ 軍事平衡　軍事（ぐんじ）バランス

例 台海兩岸軍事平衡，已明顯向中國傾斜。

中台軍事（ちゅうたいぐんじ）バランスが中国（ちゅうごく）寄（よ）りに傾（かたむ）きつつある。

◎ 地緣關係　地政学的関係（ちせいがくてきかんけい）

◎ 網路攻擊　サイバーテロ

◎ 網路警察　サイバーポリス

◎ 點穴攻擊　ピンポイント攻撃（こうげき）

◎ 精靈炸彈　精密誘導爆弾（せいみつゆうどうばくだん）

◎ 核子試爆　核実験（かくじっけん）

◎ 核武國家　核保有国（かくほゆうこく）

◎ 軍事部署　軍事（ぐんじ）プレゼンス

◎ 美軍重整　米軍（べいぐん）の再編成（さいへんせい）

◎ 空中擦撞　空中衝突（くうちゅうしょうとつ）

◎ 先遣部隊　先遣部隊（せんけんぶたい）

◎ 特種部隊　特殊部隊（とくしゅぶたい）

◎ 武裝保全　武装警備員（ぶそうけいびいん）

◎ 芥子毒氣　マスタード・ガス

◎ 神經毒氣　VXガス

◎ 生化武器　生物化学兵器（せいぶつかがくへいき）（バイオ兵器（へいき））

◎ 化學武器　化学兵器（かがくへいき）

◎ 閃電作戰　電撃作戦（でんげきさくせん）

◎ 人肉盾牌　人間(にんげん)の盾(たて)

◎ 斬首行動　断首攻撃(だんしゅこうげき)

◎ 以小事大　小(しょう)を持(も)って大(だい)に仕(つか)え

◎ 西點軍校　ウエストポイント

◎ 虛擬實境　バーチャルリアリティー

◎ 兵棋推演　シミュレーション

◎ C4ISR　シーフォーアイエスアール

註 指揮（C）、統禦（C）、通訊（C）、電腦（C）、資訊（I）、監視（S）及偵察（R）相配合聯合作戰能力之謂。

◎ 傳統武器　通常兵器(つうじょうへいき)

◎ 詹氏年鑑　ジェーン年鑑(ねんかん)

◎ 子母炸彈　クラスター爆弾(ばくだん)

◎ 飛彈擴散　ミサイル拡散(かくさん)

◎ 短程飛彈　短距離弾道(たんきょりだんどう)ミサイル

◎ 中程飛彈　中距離弾道(ちゅうきょりだんどう)ミサイル

◎ 長程飛彈　長距離弾道(ちょうきょりだんどう)ミサイル

◎ 洲際飛彈　大陸間弾道(たいりくかんだんどう)ミサイル（ICBM）

◎ 巡弋飛彈　巡航(じゅんこう)ミサイル

◎ 針刺飛彈　スティンガーミサイル

◎ 濃洞飛彈　ノドンミサイル

◎ 蠶式飛彈　シルクワームミサイル

◎ 火箭推進器　ブースター

◎ 愛國者飛彈　パトリオット・ミサイル

◎ 飛毛腿飛彈	スカッド・ミサイル	
◎ 大浦洞飛彈	デポドン・ミサイル	
◎ 極超音速導彈系統	極超音速ミサイルシステム	ごくちょうおんそく
◎ 極超音速武器	極超音速兵器	ごくちょうおんそくへいき
◎ 戰斧巡弋飛彈	トマホーク巡航ミサイル	じゅんこう
◎ 潛艦發射彈道飛彈	潜水艦発射弾道ミサイル（SLBM）	せんすいかんはっしゃだんどう
◎ 航空識別區	航空識別圏	こうくうしきべつけん
◎ 飛航情報區	飛行情報区	ひこうじょうほうく
◎ 高科技武器	ハイテク兵器	へいき
◎ 電磁脈衝彈	E爆弾（電磁波爆弾）	ばくだん でんじはばくだん
◎ 金屬探測器	金属探知機	きんぞくたんちき
◎ 最小嚇阻力	最小限の核抑止力	さいしょうげん かくよくしりょく
◎ 核武嚇阻力	核抑止力	かくよくしりょく
◎ 核子保護傘	核の傘	かく かさ
◎ 小型核武器	小型核兵器	こがたかくへいき
◎ 低威力核武	低威力核兵器、小型核兵器	ていいりょくかくへいき、こがたかくへいき
◎ 核武裁軍	核軍縮	かくぐんしゅく
◎ 核安峰會	核安全サミット	かくあんぜん
◎ 核戰體制重新檢討	核戦力体制見直し（NPR）	かくせんりょくたいせいみなお
◎ 數位化部隊	デジタル化部隊	かぶたい
◎ 機器人武器	ロボット兵器	へいき
◎ 傳統戰爭	通常戦争	つうじょうせんそう
◎ 不對稱戰爭	非対称戦争	ひたいしょうせんそう

◎ 地毯式轟炸　カーペットボンミング

◎ 環太平洋聯合軍演　リムパック

◎ 核分裂物質禁止生產條約　核(かく)カットオフ

【中文】　【日文】

◎ P-3C　対潜哨戒機(たいせんしょうかいき)

◎ 教練機　練習機(れんしゅうき)

◎ 經國號　経国号戦闘機(けいこくごうせんとうき)

◎ 無人駕駛飛機　無人機(むじんき)、無人航空機(むじんこうくうき)

◎ 水下探測器　無人潜水機(むじんせんすいき)

◎ 無核世界　核(かく)なき世界(せかい)

◎ 蘇凱戰機　スホイ戦闘機(せんとうき)

◎ 幻象兩千　ミラージュ戦闘機(せんとうき)

◎ 空軍一號　エアフォースワン

◎ 全球之鷹　グローバルホーク

◎ 戰備儲油　石油備蓄量(せきゆびちくりょう)

◎ 戰備跑道　不時着陸滑走路(ふじちゃくりくかっそうろ)

◎ 後勤部隊　兵站部隊(へいたんぶたい)

◎ 艦載飛機　艦載機(かんさいき)

◎ 無人偵察機　無人偵察機(むじんていさつき)

◎ 無人遙控飛機　ドローン

◎ 遙控直昇機　ラジコンヘリ

◎ 紙飛機　紙飛行機(かみひこうき)

◎ 竹蜻蜓	竹とんぼ
◎ F16戰鬥機	F16型戦闘機
◎ 隱形轟炸機	ステルス爆撃機
◎ 隱形戰鬥機	ステルス戦闘機
◎ 空中預警機	空中警戒管制機
◎ 早期預警機	早期警戒機（E2C）
◎ 電子偵察機	電子情報収集機（EP3）
◎ 武裝直昇機	武装ヘリコプター
◎ 飆風戰鬥機	ラファール戦闘機
◎ 垂直起降飛行	アクロバット飛行
◎ 戰時指揮權	戦時作戦統制権
◎ 緊急避難所	シェルター
◎ 液態爆裂物	液体爆発物
◎ 載人太空船	有人宇宙ロケット
◎ 海洋基地化	シーベーシング
◎ 和平的橄欖枝	平和のオリーブの枝
◎ 國際反雷組織	地雷廃絶国際キャンペーン（ICBL）
◎ 火控雷達鎖定	火器管制レーダー照射
◎ 美國太空總署	NASA（米航空宇宙局）
◎ 星戰計畫	スターウォーズ
◎ 衛星摧毀實驗	衛星破壊実験
◎ 神盾系統	イージスシステム
◎ 陸基神盾	イージスアショア

◎ 飛彈防禦系統　弾道ミサイル防衛システム（MD）

◎ 相互確保摧毀　相互確証破壊

◎ 反核子擴散條約　核不拡散条約（NPT）

◎ 反彈道飛彈條約　弾道弾迎撃ミサイル制限条約（ABM）

◎ 伊朗核武開發疑雲　イランの核開発疑惑

◎ 北韓核武開發疑雲　北朝鮮の核兵器開発疑惑

◎ 大規模毀滅性武器　大量破壊兵器

◎ 化學武器禁止條約　化学兵器禁止条約（CWC）

◎ 獵戶座反潛偵察機　対潜水艦哨戒機（P3C）

◎ 戰區飛彈防禦系統　戦域ミサイル防衛システム

◎ 全國飛彈防禦系統　米本土ミサイル防衛システム

◎ 戰區高空飛彈防禦系統　サードシステム（THAAD）

◎ 跨國聯合軍事演習　多国間合同軍事演習

◎ 四年期國防修改計畫　４年ごとの国防計画見直し（QDR）

◎ 新裁減戰略武器條約　新たな戦略兵器削減条約（新START）

◎ 全面禁止核武試驗條約　包括的核実験禁止条約（CTBT）

◎ 物資勞務相互提供協定　物品役務相互提供協定（ACSA）

第六篇

常見科技產業用語篇

【中文】	【日文】
◎ 臉書	フェイスブック
◎ 推特	ツイッター、トゥイッター
◎ 推文	ツイート
◎ 噗浪	プルック
◎ 微博	マイクロブログ
◎ 微信	ウィーチャート
◎ 騰訊	テンセント
◎ You-tube	ユーチューブ
◎ 貼文	リツィート
◎ APP	アプリ
◎ 抖音	ティックトック
◎ 截圖	スクリーンショットする

◎ 流量（網路）　トラフィック

◎ 翻牆　仮想プライベートネットワーク（VPN）

◎ 防駭　アンチハッキング

◎ 翻牆軟體　VPNアプリ、VPN開設

◎ 網路檢閱　ネット検閲

◎ 網路語言　ネットスラング

◎ 網路直播　ライブ配信、ライブストリーミング配信

◎ 微電影　ショットフィルム

◎ 雲端　クラウド

◎ 大數據　ビッグデータ

◎ 代替數據　オルタナティブデータ

◎ 工程雲　エンジニアクラウド

◎ 雲端系統　クラウドシステム

◎ 雲端運算　クラウド・コンピューティング

◎ 雲端服務　クラウド・サービス、クラウドプロバイター

◎ 開心農場　ファームビル、ハッピーファーム

◎ 帳號　アカウント

◎ 社媒帳號　ソーシャルメディアアカウント

◎ 客戶帳號　ユーザーアカウント

◎ 微網誌　マイクロブログサービス、ミニブログサイト

◎ 點閱率　スマッシュヒット

例 交友網站的點閱率很高。

出会い系サイトのスマッシュヒットがすごく高い。

◎ 連線	オンライン
◎ 綠壩	グリーンダム
◎ 盜版	海賊版（かいぞくばん）
◎ 團購（揪團）	共同購入（きょうどうこうにゅう）、グループ買（が）い
◎ 藍牙	ブルートゥース
◎ 數位	デジタル
◎ 類比	アナログ
◎ 頻率	周波数（しゅうはすう）
◎ 移頻	周波数移行（しゅうはすういこう）
◎ 波束	ビーム
◎ 條碼	バーコード
◎ 光罩	フォトマスク
◎ 陶瓷	セラミックス、セラミック
◎ 模具	金型（かながた）
◎ 沖床	旋盤（せんばん）
◎ 車床	研磨機（けんまき）
◎ 寬頻	ブロードバンド
◎ 固網	固定通信（こていつうしん）ネットワーク
◎ 網頁	ホームページ
◎ 網址	アドレス
◎ 網站	ウェブサイト
◎ 官網	公式（こうしき）サイト
◎ 上網	アクセス

◎ 淨網　クリーンネットワーク

◎ 行動上網　モバイルインターネット

◎ 行動支付　モバイル決済(けっさい)

◎ 網絡　ネットワーク

◎ 網路　インターネット

◎ 網路語言　ネットスラング

◎ 天網　電子(でんし)フェンス

註 スマホのGPS追跡(ついせき)システム。

◎ 網拍　ネットオークション

◎ 網珈　ネットカフェ

◎ 網友　メール友(とも)

◎ 網民　ネットユーザー

◎ 網紅　インフルエンサー

◎ 網路名人　オンラインセレブリティ

◎ 網路誘拐　ネット誘拐(ゆうかい)

◎ 網頁耙梳　ウェブマイニング

◎ 資料挖掘　データマイニング

◎ 密碼　パスワード

◎ 亂碼　文字化(もじば)け

例 因通訊出現時發生故障，所以出現了亂碼。

通信時(つうしんじ)のエラーで、文字化(もじば)けになった。

◎ 解碼　デコード、復号化(ふくごうか)

◎ 解碼器　デコーダ

◎ 摩斯密碼　モールス符号（ふごう）

◎ 光纖　光（ひかり）ファイバー

◎ 晶片　ウエハーチップ

◎ 微晶片　マイクロチップ

◎ 專利　パテント、特許（とっきょ）

◎ 介面　インタフェース

◎ 開機　スタート

◎ 當機　クラッシュ、システムダウン

◎ 重新開機　再起動（さいきどう）

◎ 燒錄　焼（や）く

◎ 駭客　ハッカー

◎ 鎖碼　ブロッキング

◎ 駭客入侵　ハッキング攻撃（こうげき）

◎ 資安　サイバーセキュリティ

◎ 檔案　ファイル

◎ 磁片　ディスク

◎ 硬碟　ハードディスク

◎ 音響　オーディオ

◎ 游標　カーソル

◎ 瀏覽　ナビゲート

◎ 滑鼠　マウス

◎ 位元　ビッド

◎ 鍵盤　キーボード

◎ 程式　プログラム

◎ 升級　バージョンアップ

◎ 軟體　ソフトウェア

◎ 硬體　ハードウェア

◎ 剪下　カット

◎ 貼上　ペースト

◎ 複製貼上　コピペル

例 現在有許多學生交報告，都是直接從網路上複製貼上就交出來了。

今多(いまおお)くの学生(がくせい)がレポートを書(か)く時(とき)、直接(ちょくせつ)インターネットから資料(しりょう)をコピペルして出(だ)した人(ひと)が多(おお)い。

◎ 複製貼上剋星　コピペルナー

◎ 備份　バックアップ

◎ 配備　セットアップ

◎ 更新　アップグレード

◎ 下載　ダウンロード

◎ 連結　リンク

◎ 簡訊　ショートメッセージ、テキストメッセージ

◎ 即時通　リアルタイム通信(つうしん)

◎ 視訊通話　フェースタイム

◎ 影片上傳　アップロード

◎ 網路直播(視訊分享)　インスタグラム、IG

◎ 提醒(電腦自動提醒服務)　リマインダー（reminder）

◎ 版本　　バージョン

例 中文版的哈利波特已經上市了。

中国語（ちゅうごくご）バージョンのハリポッターはもう出回（でまわ）っている。

◎ 視窗	ウィンドウ
◎ 天窗	スカイライト
◎ 播放	配信（はいしん）
◎ (節目)重播	見逃（みのが）し配信（はいしん）
◎ 觀衆	視聴者（しちょうしゃ）
◎ 收視	受信（じゅしん）
◎ 上線	放映（ほうえい）
◎ （信號）傳輸	伝送（でんそう）、トランスポート
◎ 用戶	利用者（りようしゃ）
◎ 申辦	加入（かにゅう）
◎ 收費	課金（かきん）
◎ 正版	正規流通（せいきりゅうつう）
◎ 盜版	海賊版（かいぞくばん）
◎ 託播	受託委託放送（じゅたくいたくほうそう）
◎ 訂閱制	サブスクリプション
◎ 頻道商	放送局（ほうそうきょく）
◎ 機上盒	セットトップボックス
◎ 授權展	ライセンシングフェア
◎ 跨平台	クロスメディア、クロスプラットホーム
◎ 跨業合作	異業種連携（いぎょうしゅれんけい）

◎ 影音播放　動画配信

◎ 串流媒體　ストリーミング配信

◎ 影音串流　ビデオストリーミング

◎ 匯流系統　コンバージドシステム

◎ 分析系統　プロファイリングシステム

註 用3D檢測分類，分析及檢覈的系統

◎ 系統整合商　システムインテグレーター

◎ （資訊）匯整作業　マッピング作業

◎ 語音導覽　ガイダンス

◎ 系統業者　キャリア、通信キャリア

◎ 按次收費　ペイパービュー

◎ 用戶體驗　ユーザー体験

◎ 影視內容　映像コンテンツ

◎ 廣電事業　放送事業

◎ 頻譜分配　帯域割り当て

◎ 自製節目　独自制作

◎ 獨家播放權　独自配信権

◎ 良率　歩留まり

例 提升產品的良率。

製品の歩留まり向上を図かる。

◎ 警告　アラート、アラム

◎ 鎖定　ログ

◎ 解鎖	ログイン
◎ 汽缸	シリンダー
◎ 鍍膜	コーティング
◎ 扣件	クリップ
◎ 伺服器	サーバー
◎ 處理器	プロセッサー
◎ 感測器	センサー
◎ 原始碼	ソースコード
◎ 數據機	モデム
◎ 路由器	ルータ
◎ 瀏覽器	ウェブブラウザ
◎ 轉轍器（高鐵）	分岐器（ぶんきき）
◎ 位元組	バイト
◎ 灌軟體（安裝）	インストール
◎ 高科技	ハイテク
◎ 掃描線	走査線（そうさせん）
◎ 無塵室	クリーンルーム
◎ 輸油管	パイプライン
◎ 廢五金	金属（きんぞく）くず
◎ 電子廢料	Eスクラップ
◎ 工具機	ツールマシン、工作機（こうさくき）
◎ 超導體	超伝導（ちょうでんどう）
◎ 半導體	半導体（はんどうたい）

◎ 汽車半導體　自動車用半導体（じどうしゃようはんどうたい）、マイコン

◎ 機器人　ロボット

◎ AI機器人　AIロボット

◎ 服務機器人　サービスロボット

◎ 電子雞　たまごっち

◎ 寵物機　ペットロボット

◎ 掃描器　スキャナー

◎ 太陽能　ソーラーシステム

◎ 防火牆　ファイアーウォール

◎ 錄音筆　デジタル・ボイス・レコーダー

◎ 記憶卡　メモリーカード

◎ 隨身碟　USBメモリー

◎ 電子檔　電子（でんし）ファイル

◎ 無線網　無線（むせん）インターネット

◎ 互聯網　マルチホーミング

◎ 物聯網　インターネットオブシングス（IOT）

◎ 車聯網　ETC+eTag、ETC+Eタグ

◎ 資料庫　データベース

◎ 承包商　コントラクター

◎ 合同、契約　コントラクト

◎ 行控中心　オペレーションコントロールセンター

◎ 乘客　ライターシップ

◎ 售票服務　発券（はっけん）サービス

◎ 數據中心　データーベースセンター

◎ 資料開放　オープンデータ

◎ 群聚效果　クラスター効果（こうか）

例 台灣機械產業的群聚效果。

台湾機械産業（たいわんきかいさんぎょう）のクラスター効果（こうか）。

◎ 後門程式　バックドア

◎ 惡意程式　マルウェア、アンチウィルスソフト

◎ 勒索病毒　ランサムウェア

◎ 殺手級軟體　キラーアプリ

◎ 殺手級內容　キラーコンテンツ

◎ （圖片）拉大縮小　ピンチイン・ピンチアウト

◎ 附加檔案　添付（てんぷ）ファイル

◎ 資安經理　セキュリティ・インシデント・マネジャー

◎ 系統安全　システムセキュリティ

◎ 五眼聯盟　ファイブアイズ

◎ 核心機電系統　コアシステム

◎ 系統整合　システム・インテグレーション

◎ 入侵測試　ペネトレーションテスト、侵入（しんにゅう）テスト

◎ 編輯軟體　キュレーションソフト

◎ 編輯服務　キュレーションサービス

◎ 中斷時間　ダウンタイム

◎ 文創產業　クリエティブコンテンツ産業（さんぎょう）

◎ 生技醫療產業　バイオメディカル産業（さんぎょう）

◎ 華山文創園區	華山文化(かざんぶんか)クリエティブパーク
◎ 南港流行文化園區	南港(なんこう)ポップミュジック文化(ぶんか)パーク

【中文】	【日文】
◎ 鋰電池	リチウム電池(でんち)
◎ 雷射筆	レーザーポインター
◎ 連接器	コネクター
◎ 印表機	プリンター
◎ 噴墨印表機	イングジェットプリンター
◎ 部落格	ブログ
◎ 部落客	ブロガー
◎ 電子書	電子(でんし)ブック、電子書籍(でんししょせき)、eブック
◎ 電子書閱讀器	電子(でんし)ブックリーダー
◎ 電子紙	電子(でんし)ペーパー、Eペーパー
◎ 電子錢包	電子(でんし)マネー、eウォレット
◎ 電子簽章	電子署名(でんししょめい)
◎ 電子病歷	電子(でんし)カルテ
◎ 電子表單	電子帳票(でんしちょうひょう)
◎ 電子標籤	eTag、eタグ
◎ 電子行銷	電子(でんし)マーケティング
◎ 電子計程收費	ETC
◎ e化政府	電子政府(でんしせいふ)
◎ 電子工學	エレクトロニクス

◎ 電子字典　電子辞書

◎ 電子商務　電子商取引、Ｅコマース

◎ 電子郵件　電子メール（イー・メール）

◎ 垃圾郵件　スパム（迷惑メール）

例 以對網路管制嚴格出名的中國大陸，其實是發送垃圾郵件的大國。

インターネット規制の厳しさで知られる中国だが、実はスパム大国だった。

◎ 電子顯微鏡　電子顕微鏡

◎ 智慧電網　スマートグリッド

◎ 智慧電表　スマートメーター

◎ 白熾燈泡　白熱電球

◎ LED燈泡　LED電球

◎ 凸版印刷　凸版印刷

◎ 3D印刷　3Dプリンター

◎ 3D掃瞄　3Dスキャナ

◎ 3D立體光影　プロジェクション・マッピング

◎ 金屬3D列印技術　金属3Dプリンター技術

◎ 頭戴式顯示器　ヘッドマウントディスプレイ

◎ 印刷基板　プリント板

◎ 維基百科　ウィキペディア

◎ 維基解密　ウィキリークス

◎ 人為疏失　ヒューマンエラー

◎ 真實世界　フィジカルワールド

◎ 數位虛擬世界　デジタルバーチャルワールド

【中文】　【日文】

中文	日文
◎ 玻璃紙	セロファン紙(し)
◎ 偏光片	偏光(へんこう)フィルター
◎ 光阻劑	レジスト
◎ 偏光板	シート板(いた)
◎ 真空管	ブラウン管(かん)
◎ 3D電視	3Dテレビ
◎ IP電視	IP放送(ほうそう)
◎ 有線電視	ケーブルテレビ
◎ 無線電視	地上波(ちじょうは)
◎ 視頻點播	VOD、ビデオ・オン・デマンド
◎ 電漿電視	プラズマテレビ
◎ 液晶電視	液晶(えきしょう)テレビ
◎ 面板大廠	液晶(えきしょう)パネルメーカー
◎ 液晶顯示器	LCD、液晶(えきしょう)ディスプレイ
◎ 平面顯示器	フラットパネル
◎ 監視器面板	モニターパネル
◎ （畫面）殘影	ゴースト現象(げんしょう)、ゴーストイメージ
◎ 高畫質電視	ハイビジョンテレビ
◎ 超廣角液晶彩色顯示器	広視野角(こうしやかく)TFTカラー液晶(えきしょう)ディスプレイ（AMVA）

◎ 彩色濾光片	カラーフィルター
◎ 語音數據	音声（おんせい）データ
◎ 語音壓縮	音声圧縮（おんせいあっしゅく）
◎ 技術訣竅	ノウハウ
◎ 陶瓷引擎	セラミックエンジン
◎ 奈米科技	ナノテクノロジー
◎ 奈米製程	ナノメーター
◎ 奈米碳管	カーボンナノチューブ
◎ 奈米纖維	セルロースナノファイバー
◎ 碳纖維	カーボンファイバー
◎ 生物科技	バイオテクノロジー
◎ 虛擬實境	バーチャルリアリティ、VR
◎ 擴張實境	AR、拡張現実（かくちょうげんじつ）
◎ 虛擬寵物	バーチャルペット
◎ 虛擬工廠	バーチャルファクトリー、仮想工場（かそうこうじょう）
◎ 實體店鋪	実店舗（じってんぽ）
◎ 瀏覽網站	ネットサーフィン
◎ 入口網站	ポータルサイト
◎ 色情網站	アダルトサイト
◎ 網路犯罪	サイバー犯罪（はんざい）
◎ 網路遊戲	ネットゲーム
◎ 網路遙控	ネットリモコン
◎ 線上遊戲	オンラインゲーム

◎ 線上購物	オンラインショッピング
◎ 線上影音（視頻）	オンラインビデオ
◎ 網路電話	インターネット電話（でんわ）
◎ 網路塞車	ネット・ラッシュ
◎ 網路直銷	ネット直販（ちょくはん）、ネット通販（つうはん）
◎ 網路商機	ネットビジネス
◎ 網路企業	インターネットサービス企業（きぎょう）
◎ 網路市集	インターネットモール
◎ 網路聊天室	チャットルーム
◎ 部落格	ブログ
◎ 部落客	ブロガー
◎ 熱搜字	検索（けんさく）ワード
◎ 熱搜排行榜	検索（けんさく）ランキング
◎ 網路霸凌	ネットいじめ
◎ 網路內容	コンテンツ
◎ 網路教學	ｅラーニング
◎ 深度學習	ディープランニング
◎ 網頁設計	ホームページデザイン
◎ 人工智慧	人工知能（じんこうちのう）
◎ 人體工學	人間工学（にんげんこうがく）
◎ 精密機器	マイクロマシン
◎ 被動元件	パッシブ・コンポーネント
◎ 晶圓大廠	ウエハーファンドリー

◎ 矽谷　シリコンバレー

◎ 矽晶圓　シリコンウエハー

◎ 綠色矽島　グリーンシリコンアイランド

例 將台灣建設為綠色矽島。

台湾をグリーンシリコンアイランドに建設する。

◎ 資訊革命　IT革命

◎ 資訊產業　IT産業

◎ 通訊系統商　通信キャリア

◎ 科技公司　テクノロジー企業

◎ 綠能資訊　グリーンIT

◎ 綠能革命　グリーンイノベーション

◎ 光纖通訊　光通信

◎ 感光元件　感光素子

◎ 靜音效果　静粛性

◎ 觸控介面　ユーザーインタフェース、UI画面

◎ 觸控面板　タッチパネル

◎ 多媒體牆　マルチメディアウォール

◎ 觸控式查詢螢幕　タッチスクリーン

◎ 產業結構　産業構造

◎ 尖端產業　トリガー産業

◎ 國際分工　国際分業

◎ 垂直分工　垂直分業

◎ 水平分工　水平分業

◎ 前置處理	プレ処理（しょり）
◎ 後置處理	ポスト処理（しょり）
◎ 高科技產業	ハイテク産業（さんぎょう）
◎ 產業空洞化	産業（さんぎょう）の空洞化（くうどうか）
◎ 數位化	デジタル化（か）
◎ 數位差距	デジタル・デバイス
◎ 數位素養	デジタルリテラシー
◎ 數位轉型	デジタル・トランスフォーメーション
◎ 數位商品	デジタルプロダクツ
◎ 數位生產	デジタル生産（せいさん）
◎ 數位內容	デジタルコンテンツ
◎ 數位連結	デジタルコネクティビティー
◎ 數位相機	デジタルカメラ
◎ 數位原住民	デジタルネイティブ
◎ 拍立得	インスタントカメラ
◎ 可拋式相機	使（つか）い捨（す）てカメラ
◎ 網路攝影機	ウェブカメラ
◎ 單眼照相機	一眼（いちがん）レフカメラ
◎ 廣角照相機	ミラーレスカメラ
◎ 熱成像攝影機	サーモカメラ
◎ 數位網路	ネットワーク・デジタル
◎ 數位媒體	デジタルメディア
◎ 數位廣播	デジタルラジオ

◎ 數位看板	デジタルサイネージ
◎ 數位相框	デジタルフォトフレーム
◎ 數位匯流	デジタルコンバージェンス
◎ 數位轉型	デジタルトランスフォーメーション
◎ 數位素養	デジタルリテラシー
◎ 玻璃基板	ガラス基板（きばん）
◎ 背光模組	バックライト・モジュール
◎ 驅動IC	駆動（くどう）チップ
◎ 教學軟體	エデュテインメントソフト
◎ 遊戲機	ゲーム機（き）
◎ 遊戲軟體	ゲームソフト
◎ 模擬遊戲	シミュレーションゲーム
◎ 中央處理機	CPU（中央演算処理装置（ちゅうおうえんざんしょりそうち））
◎ 攜帶型遊戲機	携帯型（けいたいがた）ゲーム機（き）
◎ 桌上型遊戲機	据（す）え置（お）き型（かた）ゲーム機（き）
◎ 線上結帳	電子決済（でんしけっさい）
◎ 國際漫遊	インターナショナル・ローミング、国際（こくさい）ローミング
◎ 行動電話	携帯電話（けいたいでんわ）
◎ 網內互打	IP電話（でんわ）
◎ 行動廣告	モバイル広告（こうこく）
◎ 黑梅機	ブラックベリー
◎ 來電答鈴	着（ちゃく）メロ（着（ちゃく）うた）

◎ 4G手機　第4世代携帯電話

◎ 影音手機　テレビ電話

◎ 手機吊飾　携帯ストラップ

◎ 無線電話　ワイヤレスホーン

◎ 智慧型手機　スマートフォン

◎ 智慧手持裝置　スマートデバイス

◎ 可攜式號碼　番号ポータビリティー（持ち運び制度）

例 現在換加盟手機公司可以不用換手機號碼。

今携帯電話会社を変えても番号のポータビリティーが実施されている。

◎ 預付卡式行動電話　プリペイト携帯電話

◎ （手機）吃到飽方案　ゼロレーティングサービス

◎ 碟型天線　パラボラアンテナ

◎ 資訊警察　サイバーフォース

例 為了掃蕩網路犯罪，各國幾乎都設有資訊警察。

ネット犯罪を一掃するため、ほとんどの国はともにサイバーフォースを設置してある。

◎ 平板電腦　タブレットPC

例 蘋果電腦日前發表最新的平板電腦，預估又會掀起一股搶購熱潮。

アップル社はこの間最新型のタブレットPC「iPad」を発表し、再びフィーバーを引き起こすと見られている。

◎ 個人電腦　パソコン

◎ 超級電腦　スーパーコンピューター

◎ 筆記型電腦	ノートパソコン
◎ 桌上型電腦	デスクトップパソコン
◎ 電腦病毒	コンピューターウィルス
◎ 勒索病毒	ランサムウェア
◎ 電腦升級	バージョンアップ
◎ 3D動畫	3D CG
◎ 動漫商機	アニメビジネス
◎ 電腦動畫	コンピューターアニメーション
◎ 應用技術	アプリケーション・テクノロジー
◎ 應用平台	アプリケーションプラットホーム
◎ 應用軟體	アプリケーションソフトフェア
◎ 套裝軟體	パッケージソフト
◎ 創意人才	クリエーティブスタッフ
◎ 創意產業	クリエーティブ産業(さんぎょう)
◎ 創意總監	クリエーティブディレクター
◎ 科學園區	サイエンスパーク
◎ 設計平台	設計(せっけい)プラットホーム
◎ IC封裝	ICパッケージ
◎ IC測試	ICテスト
◎ 人造衛星	人工衛星(じんこうえいせい)
◎ 間諜衛星	スパイ衛星(えいせい)
◎ 殺手衛星	殺(ころ)し衛星(えいせい)、キラー衛星(えいせい)
◎ 通訊衛星	通信衛星(つうしんえいせい)

◎ 衛星導航	ナビゲーション
◎ 全球定位系統	全地球測位（ぜんちきゅうそくい）システム（GPS）
◎ 航太技術	宇宙技術（うちゅうぎじゅつ）
◎ 登陸月球	月面着陸（げつめんちゃくりく）
◎ 月球探勘	月面探査（げつめんたんさ）
◎ 快速沖洗	スピードプリント
◎ 二維條碼	二次元（にじげん）コード（二次元（にじげん）シンボル）
◎ 通用設計	ユニバーサルデザイン（UD）
◎ 關鍵零組件	キーパーツ
◎ 快閃記憶體	フラッシュメモリー
◎ 穿戴式裝置	ウェアラブル端末（たんまつ）、ウェアラブルデバイス
◎ 藍光播放機	ブルーレイディスクプレーヤー（BDP）
◎ 家庭電影院	ホームシアター
◎ 程式設計師	プログラマー
◎ 螢幕保護程式	スクリーン・セーバー
◎ 網路搜索引擎	インターネット検索（けんさく）エンジン
◎ 智慧波束形成	スマートビームフォーミング
◎ 個人數位助理	PDA（パーソナル・デジタル・アシスタント）
◎ 虛擬助理	バーチャルアシスタント
◎ 臉部辨識系統	顔認証（かおにんしょう）システム
◎ 自動辨識系統	自動認識（じどうにんしき）システム
◎ 生物辨識系統	生体認証（せいたいにんしょう）、バイオメトリクス
◎ 物流履歷系統	トレーサビリティシステム

◎ 全球解決方案　グローバルソリューション

◎ 動態存取記憶體　DRAM

◎ 消費電子　コンシューマIC

◎ 消費性電子產品　コンシューマエレクトロニクス（CES）

◎ 無遠弗屆的社會　ユビキタスネットワーク社会(しゃかい)

例 由於網路科技日新月異，可說已經營造一個無遠弗屆的社會。

ネット技術(ぎじゅつ)が日進月歩(にっしんげっぽ)に発展(はってん)したため、すでにユビキタスネットワークの社会(しゃかい)を作(つく)り上(あ)げたと言(い)えよう。

◎ 無線寬頻接取業務　ワイヤレス・ブロードバンド・アクセス・サービス（WIMAX）

◎ 無線射頻辨識系統　RFID

【網路笑話】インターネットジョーク

子供(こども)：「お母(かあ)さん、犬猿(けんえん)の仲(なか)ってどういう意味(いみ)？」

母親(ははおや)：「それは、とっても仲(なか)が悪(わる)いって事(こと)よ」

子供(こども)：「でもブッシュと小泉(こいずみ)は仲(なか)がいいよ」

母親(ははおや)：「？？？」

小孩：「媽媽，狗跟猴子的感情，這句話是什麼意思？」

母親：「這句話是比喻兩個人的關係惡劣」

小孩：「可是，小布希跟小泉關係很好呀！」

母親：「？？？」

【單字補給站】

単語補給ステーション

第七篇

常見環保時事用語篇

【中文】	【日文】
◎ 鈽	プルトニウム
◎ 鈾	ウラン
◎ 釙	ポロニウム
◎ 釹	ネオジウム
◎ 鈰	セリウム
◎ 銫	セシウム
◎ 鋇	バリウム
◎ 鑭	ランタン
◎ 碲	テルル
◎ 鉻	クロム
◎ 鉀	カリウム
◎ 鈉	ナトリウム

◎ 鈣	カルシウム
◎ 鉛	なまり
◎ 錫	錫（すず）
◎ 鎢	タングステン
◎ 銅	銅（どう）
◎ 鋅	亜鉛（あえん）
◎ 鎵	ガリウム
◎ 鎘	カドミウム
◎ 鎳	ニッケル
◎ 鐳	ラジウム
◎ 鈦	チタン
◎ 錳	マンガン
◎ 鉈	タリウム
◎ 銻	アンチモン
◎ 鎂	マグネシウム
◎ 氫	水素（すいそ）
◎ 氧	酸素（さんそ）
◎ 氦	ヘリウム
◎ 氮	窒素（ちっそ）
◎ 氯	塩素（えんそ）
◎ 氟	フッ素（そ）
◎ 氡	ラドン
◎ 碘	沃素（ようそ）

◎ 砷　砒素（ひそ）

◎ 硫　硫黄（いおう）

◎ 氚　トリチウム

◎ 鍶　ストロンチウム

◎ 廢氣　排気（はいき）ガス

◎ 廢渣　固形廃棄物（こけいはいきぶつ）

◎ 沼氣（甲烷）　メタンガス

◎ 甲醛　ホルムアルデヒド

◎ 甲醇　ノタノール

◎ 甲苯　トルエン

◎ 乙醛　アセトアルデヒド

◎ 乙烯　エチレン

◎ 乙醇　エタノール

◎ 丙烯　アクリル

◎ 聚丙烯（合成纖維）　アクリル系繊維（けいせんい）

◎ PM2.5　PM2.5（微小粒子状物質（びしょうりゅうしじょうぶっしつ））

◎ 汞氧化率　水銀酸化率（すいぎんさんかりつ）

◎ 硫氧化物　硫黄酸化物（いおうさんかぶつ）（SOX）

◎ 氮氧化物　窒素酸化物（ちっそさんかぶつ）（NOX）

◎ 鹼性金屬　アルカリ金属（きんぞく）

◎ 鈣化合物　カルシウム化合物（かごうぶつ）

◎ 砷化合物　砒素化合物（ひそかごうぶつ）

◎ 硫酸氫氨　硫酸水素（りゅうさんすいそ）アンモニア

◎ 磷酸化合物　燐酸化合物（りんさんかごうぶつ）

◎ 化工　ケミカル

◎ 噪音　騒音（そうおん）

◎ 霾害　煙害（えんがい）

◎ 氟氯　フロンガス

◎ 環保　環境保全（かんきょうほぜん）

◎ 歲修（大修）　オーバーホール

例 電廠每年固定需要大修，以確保營運安全。

發電（はつでん）プラントは毎年（まいとし）オーバーホールをすることによって、プラント運営（うんえい）の安全（あんぜん）を確保（かくほ）しなければならない。

◎ 小修　定期点検（ていきてんけん）

◎ 侵蝕　エロージョン

◎ 腐蝕　コロージョン

◎ 綠藻　アオコ

例 湖泊綠藻大量發生。

湖（みずうみ）にはアオコが大量発生（たいりょうはっせい）する。

◎ 棄土　廃棄土壌（はいきどじょう）

◎ 廚餘　生（なま）ゴミ

◎ 石綿　アスベスト

◎ 生煤　瀝青炭（れきせいたん）

◎ 煤灰　石炭灰（せきたんばい）

◎ 煤渣　スラグ、スラッギング

◎ 煤塵　煤塵（ばいじん）

◎ 粉塵（煙塵）　ダスト

◎ 煤倉　石炭サイロ

◎ 粉煤機　石炭ミル

◎ 劣質煤　低品位炭

◎ 高級煤　高品位炭

◎ 燃煤機組　石炭ユニット

◎ 石油焦炭　石油コークス

◎ 潔淨煤技術　クリーンコールテクノロジー

◎ 鍋爐　ボイラー

◎ 渦輪（汽輪機）　タービン

◎ 汽渦輪機　ガスタービン

◎ 酸雨　酸性雨

◎ 碘片　ヨウ素剤

例 日本東部大地震及福島核能發電廠輻射外洩事件引起恐慌，有學者呼籲應發放核電廠附近居民碘片以求自保。

日本東部大地震及び福島原発事故によって引き起こした放射線漏れ事故はパニックとなり、一部の学者は原発近くの住民に対して、ヨウ素剤を発給して身の安全を守る必要があると見ている。

◎ 人造雨　人工降雨

◎ 海水淡化　海水淡水化

◎ 垃圾袋　ゴミ袋

◎ 紅樹林　マングローブ

◎ 芬多精　フィトンチッド

◎ 超合金	スーパーアロイ
◎ 汞污泥	水銀廃棄物（すいぎんはいきぶつ）
◎ 核廢料	核廃棄物（かくはいきぶつ）
◎ 燃料棒	燃料棒（ねんりょうぼう）
◎ 控制棒	制御棒（せいぎょぼう）
◎ 反應爐	原子炉（げんしろ）
◎ 輕水爐	軽水炉（けいすいろ）
◎ 核分裂	核分裂（かくぶんれつ）
◎ 核反應	核反応（かくはんのう）
◎ 核曝曬	被爆（ひばく）
◎ 冷卻水	冷却水（れいきゃくすい）
◎ 冷卻水失能	冷却水喪失事故（れいきゃくすいそうしつじこ）
◎ 防護體	格納容器（かくのうようき）
◎ 爐心熔毀	炉心溶融（ろしんようゆう）
◎ 氫氣爆炸	水素爆発（すいそばくはつ）
◎ 輻射外洩	放射能漏れ（ほうしゃのうも）
◎ 輻射污染	放射線汚染（ほうしゃせんおせん）
◎ 強制撤離	強制避難（きょうせいひなん）
◎ 耐壓檢查	ストレステスト
◎ 核四封存	第4原発密封保存、凍結（だいげんぱつみっぷうほぞん、とうけつ）
◎ 三浬島事件	スリーマイル島原発事故（とうげんぱつじこ）
◎ 車諾比事件	チェルノブイリ原発事故（げんぱつじこ）
◎ 複合式災難	複合式災難（ふくごうしきさいなん）

◎ 地球日　アースデー

◎ 隔音牆　防音壁（ぼうおんへき）、遮音壁（しゃおんへき）

◎ 負離子　マイナスイオン

◎ 正離子　プラスイオン

◎ 陰離子　陰（いん）イオン、アニオン、負（ふ）イオン

◎ 陽離子　陽（よう）イオン、カチオン、正（せい）イオン

◎ 臭氧層　オゾン層（そう）

◎ 紅外線　赤外線（せきがいせん）

◎ 紫外線　紫外線（しがいせん）

◎ 輻射線　放射線（ほうしゃせん）

◎ 沙漠化　砂漠化（さばくか）

◎ 環境稅　環境税（かんきょうぜい）

◎ 煤炭稅　炭素税（たんそぜい）

◎ 木質素　リグニン

◎ 纖維素　セルロース

◎ 優氧化　富栄養化（ふえいようか）

例　所有湖泊都呈現出優氧化的現象。

湖（みずうみ）はすべて富栄養化（ふえいようか）状態（じょうたい）にある。

◎ 寶特瓶　ペットボトル

◎ 押瓶費　デポジット

◎ 戴奥辛　ダイオキシン

◎ 輕便裝　クールビズ

◎ 冬暖裝　ウォームビズ

◎ 長毛象	マンモス
◎ 二氧化碳	二酸化炭素（にさんかたんそ）
◎ 一氧化碳	一酸化炭素（いっさんかたんそ）
◎ 溫室效應	温室効果（おんしつこうか）
◎ 溫室氣體	温室効果（おんしつこうか）ガス
◎ 全球暖化	地球温暖化（ちきゅうおんだんか）
◎ 有害氣體	有害（ゆうがい）ガス
◎ 多氯聯苯	クロルベンゼン
◎ 熱島效應	ヒートアイランド
◎ 太陽黑子	太陽（たいよう）フレア
◎ 水質標準	水質基準（すいしつきじゅん）
◎ 淨灘活動	ビーチクリーン活動（かつどう）
◎ 資源回收	リサイクル
◎ 病住宅	シックハウス
◎ 樂活住宅	ヘルシーハウス
◎ 外牆綠化	壁面緑化（へきめんりょくか）
◎ 屋頂綠化	屋上緑化（おくじょうりょくか）
◎ 綠能新政	グリーンニューディール
◎ 低碳城市	ローカボンシティー
◎ 生態城市	エコシティー
◎ 生態保護	エコロジー保護（ほご）
◎ 環保家電	エコ家電（かでん）
◎ 海上浮油	浮流油（ふりゅうゆ）、浮上油（ふじょうゆ）

◎ 海飄垃圾	漂着(ひょうちゃく)ごみ
◎ 太空垃圾	宇宙(うちゅう)ゴミ、スペースデブリ
◎ 新能源	新(しん)エネ
◎ 氫能源	水素(すいそ)エネルギー
◎ 頁岩油	シェールガス
◎ 可燃冰	メタンハイドレート
◎ 創新能源	創(そう)エネ
◎ 節約能源	省(しょう)エネ
◎ 再生能源	再生可能(さいせいかのう)エネルギー
◎ 能源配比	エネルギーミックス
◎ 智慧電網	スマートグリッド
◎ 智慧電表	スマートメーター
◎ 併聯發電	グリッド合併(がっぺい)
◎ 儲能設施	エネルギー貯蔵施設(ちょぞうしせつ)
◎ 清潔能源	クリーンエネルギー
◎ 替代能源	代替(だいたい)エネルギー
◎ 生質能源	バイオマスエネルギー
◎ 生質發電	バイオマス発電(はつでん)
◎ 生質能源混燒	バイオマス混焼(こんしょう)
◎ 綠色電力	グリーンパワー
◎ 地熱發電	地熱発電(ちねつはつでん)
◎ 風力發電	風力発電(ふうりょくはつでん)
◎ 陸域風力	陸上風力(りくじょうふうりょく)

◎ 離岸風力　洋上風力、オフショア風力

◎ 核能發電　原子力発電

◎ 沼氣發電　メタン発電

◎ 水力發電　水力発電

◎ 火力發電　火力発電

◎ 潮汐發電　潮汐発電

◎ 洋流發電　海流発電

◎ 溫差發電　温度差エネルギー発電

◎ 冰熱發電　雪氷熱発電

◎ 太陽能板　ソーラーパネル

◎ 太陽能發電　太陽光発電

◎ 天然氣發電　天然ガス発電

◎ 天然氣接收站　天然ガス受け入れターミナル

◎ 天然氣複循環發電廠　天然ガスコンバインドサイクル発電所

◎ 小功能水力發電　小水力発電

◎ 燃料電池　燃料電池

◎ 基載電源　ベースロード電源

◎ 中載電源　ミドルロード電源

◎ 尖峰電源　ピークロード電源

◎ 備用電源　サブ電源

◎ 備載容量　備蓄容量率

◎ 汰換機組　リプレース

例 台灣有部分燃煤火力發電廠，為削減碳排放需進行機組汰換。

台湾には一部の石炭火力発電所は、CO2削減するため、リプレースしなければならない。

◎ 拆除重建　スクラップ

例 大林火力發電廠，未來極有可能原址拆除重建。

大林火力発電所は将来的にはスクラップして現場で建て直す可能性が高い。

◎ 汽電共生系統　コジェネレーションシステム

◎ 填海造地　埋立地

◎ 排放標準　排出基準

◎ 永續發展　持続可能な開発

◎ 環境激素　環境ホルモン

◎ 環境難民　環境難民

◎ 大型垃圾　粗大ゴミ

◎ 垃圾減量　ごみ減量

◎ 塑膠垃圾　プラごみ

◎ 塑膠微粒　マイクロプラスチック

◎ 塑膠危機　プラスチック・クライシス

◎ 可分解塑膠　バイオプラ、バイオプラスチック

◎ 垃圾不落地　ごみ落ちない政策

◎ 垃圾掩埋場　ゴミ最終処理所

◎ 垃圾焚化爐　ごみ焼却炉

◎ 京都議定書　京都議定書

中文	日文
◎ 焚風現象	フェーン現象(げんしょう)
◎ 聖嬰現象	エルニーニョ
◎ 反聖嬰現象	ラニーニャ

【中文】【日文】

中文	日文
◎ 環保袋	エコバッグ
◎ 熱幫浦	ヒートポンプ
◎ 零碳	ゼロカーボン
◎ 碳足跡	カーボンフットプリント
◎ 碳封存	ccs技術(ぎじゅつ)、二酸化炭素(にさんかたんそ)の回収(かいしゅう)・貯蔵(ちょぞう)
◎ 碳中和	カーボンニュートナル
◎ 零逸散	ゼロエミッション
◎ 碳抵換	カーボンオフセット
◎ 碳循環	カーボンリサイクル
◎ 低碳社會	低炭素社会(ていたんそしゃかい)
◎ 免洗餐具	使(づか)い捨(す)て食器(しょっき)
◎ 產業廢棄物	産業廃棄物(さんぎょうはいきぶつ)
◎ 巴塞爾公約	バーゼル条約(じょうやく)
◎ 地球高峰會	地球(ちきゅう)サミット
◎ 碳排放交易	キャップ・アンド・トレード
◎ 鋰離子電池	リチウムイオン
◎ 綠色和平組織	グリーンピース
◎ 環境影響評估	環境(かんきょう)アセスメント

◎ 永凍層的溶解　凍土層の融解

◎ 禁用塑膠袋政策　ノーレジ袋運動

◎ 不願面對的真相　不都合な真実

例 美國前副總統高爾因為拍攝「不願面對的真相」此一紀錄片，提醒世人地球暖化的嚴重性，而獲得2007年度的諾貝爾和平獎。

アメリカのゴア元副大統領は「不都合な真実」というドキュメンタリーを撮影して、地球温暖化の深刻さを警告して、2007年度のノーベル平和賞を受賞された。

◎ 清潔開發機制　クリーン発展メカニズム（CDM）

◎ 氣候變遷架構協定（地球暖化防止協定）　気候変動枠組み条約

◎ 東亞酸雨監測網絡　東アジア酸性雨モニタリングネットワーク

◎ 有害廢棄物越境轉移　有害廃棄物の越境移動

【單字補給站】
単語補給（たんごほきゅう）ステーション

第八篇

常見醫療、美容用語篇

【中文】	【日文】
◎ 血庫	血液(けつえき)バンク
◎ 捐血	献血(けんけつ)
◎ 大體捐贈	献体(けんたい)
◎ 驗血	採血(さいけつ)
◎ 血型	血液型(けつえきがた)
◎ 血癌	白血病(はっけつびょう)
◎ 血荒	献血不足(けんけつぶそく)
◎ 結紮	パイプカット
◎ 不孕	不妊症(ふにんしょう)
◎ 人工受孕	人工授精(じんこうじゅせい)
◎ 試管嬰兒	試験管(しけんかん)ベビー
◎ 連體嬰	シャム双生児(そうせいじ)

◎ 雙胞胎	双子（ふたご）
◎ 墮胎	中絶（ちゅうぜつ）、下（お）ろし
◎ 剖腹	帝王切開（ていおうせっかい）
◎ 病歷	カルテ
◎ 體檢	人間（にんげん）ドック
◎ 眼庫	アイバンク
◎ 精子銀行	精子銀行（せいしぎんこう）
◎ 卵子銀行	卵子銀行（らんしぎんこう）
◎ 骨髓銀行	骨髄（こつずい）バンク
◎ 結石	結石（けっせき）
◎ 洗腎	人工透析（じんこうとうせき）
◎ 腎結石	腎結石（じんけっせき）
◎ 膽結石	胆石（たんせき）
◎ 腎衰竭	腎不全（じんふぜん）
◎ 睪固酮（男性賀爾蒙）	テストステロン
◎ 落枕	寝違（ねちが）える
◎ 補眠	寝（ね）だめ
◎ 失眠	不眠症（ふみんしょう）
◎ 淺眠	いざとい
◎ 眼袋	目袋（めぶくろ）、目（め）の下（した）のたるみ
◎ 黑眼圈	くま、くまができた
◎ 睡眠障礙	睡眠障害（すいみんしょうがい）
◎ 睡眠負債	睡眠負債（すいみんふさい）

◎ 脫臼　脱臼（だっきゅう）、蝶番（ちょうつがい）

例 下巴脫臼。

あごの蝶番（ちょうつがい）が外（はず）れた。

◎ 牙套　歯列矯正器（しれつきょうせいき）

◎ 植牙　インプラント、歯（は）の移植（いしょく）

◎ 智齒　親知（おやし）らず

◎ 蛀牙　虫歯（むしば）

◎ 虎牙　八重歯（やえば）

◎ 假牙　入（い）れ歯（ば）

◎ 臼齒　奥歯（おくば）

◎ 牙周病　歯周病（ししゅうびょう）

◎ 牙膏　練（ね）り歯磨（はみが）き

◎ 牙刷　歯（は）ブラシ

◎ 中風　卒中（そっちゅう）、脳梗塞（のうこうそく）

◎ 痛風　痛風（つうふう）

◎ 失能　障害者（しょうがいしゃ）

◎ 失智　認知症（にんちしょう）

◎ 德國麻疹　はしか

◎ 蕁麻疹　蕁麻疹（じんましん）

◎ 陽痿　インポ

◎ 躁症　躁病（そうびょう）

◎ 鬱症　うつ病（びょう）

◎ 躁鬱症　憂鬱病（ゆううつびょう）

◎ 封院　　閉鎖

例 SARS發生時，台北市曾宣布市立和平醫院封院。

SARS発生した時、台北市政府は和平病院の閉鎖を発表した。

◎ 病危　　重体、危篤

◎ 過敏　　アレルギー

◎ 塵蟎　　ダニ

◎ 過敏源　　アレルゲン

◎ 食物過敏　　食物アレルギー

◎ 藥物過敏　　薬物アレルギー

◎ 先天性過敏　　アトピー

◎ 泡泡龍（皮膚病變一種）　　表皮水疱症

◎ 過敏性鼻炎　　アレルギー性鼻炎

◎ 異位性皮膚炎　　アトピー性皮膚炎

◎ 法醫　　監察医

◎ 篩選　　スクリーニング

◎ 篩檢　　フィルタリング

◎ 病毒　　ウィルス

◎ 分診（檢傷分類）　　トリアージ

◎ 閃腰　　ぎっくり腰

◎ 發病　　発症

◎ 猝死　　ショック死

◎ 乾咳　　痰を伴わない咳き

◎ 疫苗　　ワクチン

例 衛生署呼籲大家去打H1N1流感疫苗。

衛生署(えいせいしょ)は国民(こくみん)にH1N1予防(よぼう)ワクチンの接種(せっしゅ)を呼(よ)びかけた。

◎ 鼠疫	ペスト菌(きん)
◎ 天花	天然痘(てんねんとう)
◎ 霍亂	コレラ
◎ 傷寒	チフス、腸(ちょう)チブス
◎ 瘧疾	マラリア
◎ 兔唇	三(みっ)つ口(ぐち)
◎ 縟瘡	床(とこ)ずれ
◎ 痔瘡	痔(じ)
◎ 外痔	痔(じ)ろう
◎ 内痔	イボ痔(じ)
◎ 義肢	義足(ぎそく)、義肢(ぎし)
◎ 解盲	新薬(しんやく)の評価(ひょうか)テスト、新薬(しんやく)の目隠(めかく)しテスト
◎ 偽藥(解盲，不具療效的藥)	プラセボ
◎ 唇顎裂	口唇口蓋裂(こうしんこうがいれつ)
◎ 鼻竇炎	副鼻腔炎(ふくびくうえん)
◎ 漂白水	漂白剤(ひょうはくざい)
◎ 量體溫	検温(けんおん)、体温測定(たいおんそくてい)
◎ 口服藥	経口投与(けいこうとうよ)
◎ 花粉症	花粉症(かふんしょう)
◎ 分煙	分煙(ぶんえん)
◎ 二手煙	受動喫煙(じゅどうきつえん)

◎ 老煙槍	ヘービースモーカー
◎ 盲腸炎	虫垂炎（ちゅうすいえん）
◎ 痲瘋病	ハンセン病（びょう）
◎ 愛滋病	エイズ（AIDS）
◎ 急診室	救急治療室（きゅうきゅうちりょうしつ）
◎ 急診室醫生	救急医（きゅうきゅうい）
◎ 實習醫生	インターン
◎ 過動兒	多動性障害（たどうせいしょうがい）（ADHD）
◎ 自閉症	自閉症（じへいしょう）
◎ 強迫症	強迫性障害（きょうはくせいしょうがい）
◎ 紅眼症	結膜症（けつまくしょう）
◎ 併發症	合併症（がっぺいしょう）
◎ 過勞死	過労死（かろうし）
◎ 尊嚴死	尊厳死（そんげんし）
◎ 安樂死	安楽死（あんらくし）
◎ 登革熱	デング熱（ねつ）
◎ 腸病毒	エンテロウィルス
◎ 禽流感	鳥（とり）インフルエンザ
◎ 克流感	タミフル
◎ 豬流感	豚（ぶた）インフルエンザ
◎ 非洲豬瘟	アフリカ豚（とん）コレラ
◎ 新流感	新型（しんがた）インフルエンザ、H1N1
◎ 中東呼吸症候群	MERS、マーズ

◎ 狂牛症	狂牛病（BSE）	きょうぎゅうびょう
◎ 口蹄疫	口蹄疫	こうていえき
◎ 腸絞痛	腸ねん転症	ちょう てんしょう
◎ 老毛病	持病	じびょう
◎ 氣喘病	喘息	ぜんそく
◎ 糖尿病	糖尿病	とうにょうびょう
◎ 神精病	ノイローゼ、精神病	せいしんびょう
◎ 心臟病	心臓病	しんぞうびょう
◎ 葉克膜	人工心臓	じんこうしんぞう
◎ 破傷風	破傷風	はしょうふう
◎ 豬頭皮	おたふく	
◎ 百日咳	百日咳	ひゃくにちぜき
◎ 肺結核	肺結核	はいけっかく
◎ 肺浸潤	肺浸潤	はいしんじゅん
◎ 肺水腫	肺水腫	はいすいしゅ
◎ 肺腺癌	肺せん癌	はい がん
◎ 高血壓	高血圧	こうけつあつ
◎ 低血壓	低血圧	ていけつあつ
◎ 高血脂	高脂血症	こうしけつしょう
◎ 偏頭痛	片頭痛	へんずつう
◎ 膽固醇	コレステロール	
◎ 類固醇	ステロイド	
◎ 退燒藥	解熱剤	げねつざい

◎ 脂肪肝	脂肪肝（しぼうかん）
◎ 肝硬化	肝硬変（かんこうへん）
◎ 慢性肝炎	慢性肝炎（まんせいかんえん）
◎ 猛爆性肝炎	劇症肝炎（げきしょうかんえん）
◎ 胰島素	インシュリン・インスリン
◎ 早產兒	未熟児（みじゅくじ）
◎ 防護衣	防護服（ぼうごふく）
◎ 抗老化	抗酸化力（こうさんかりょく）
◎ 果子狸	ハクビシン
◎ 抗生素	抗生剤（こうせいざい）
◎ 護理長	婦長（ふちょう）
◎ 護理站	ナースステーション
◎ 看護師	看護師（かんごし）
◎ 護健師	介護士（かいごし）
◎ 外籍看護	外国人介護士（がいこくじんかいごし）
◎ 營養師	栄養士（えいようし）
◎ 復健師	作業療法士（さぎょうりょうほうし）
◎ 物理治療師	理学療法士（りがくりょうほうし）
◎ 初期醫療	プライマリケア、一次医療（いちじいりょう）
◎ 接觸史	接触歴（せっしょくれき）
◎ 威而剛	バイアグラ
◎ 犀利士	シアリス
◎ 致癌物	発がん性（はつがんせい）

◎ 抗癌藥	抗癌剤（こうがんざい）
◎ 性冷感	不感症（ふかんしょう）
◎ 性高潮	オルガスムス
◎ 戀童癖	小児性愛者（しょうにせいあいしゃ）
◎ 複製人	クローン人間（にんげん）
◎ 植物人	植物人間（しょくぶつにんげん）
◎ 漸凍人	筋萎縮性側索硬化症（きんいしゅくせいそくさくこうかしょう）、ALS
◎ 幹細胞	万能細胞（ばんのうさいぼう）（iPS細胞（さいぼう））
◎ 帶原者	感染者（かんせんしゃ）

例 台灣有很多人有B型肝炎的帶原者。
台湾（たいわん）では多（おお）くのＢ型肝炎（がたかんえん）の感染者（かんせんしゃ）がいる。

◎ 亞健康	サブヘルス
◎ 圓形禿	円形脱毛症（えんけいだつもうしょう）
◎ 細胞自噬	オートファジー
◎ 基因圖譜	ヒトゲノム
◎ 基因編輯	ゲノム編集（へんしゅう）
◎ 基因療法	遺伝子治療（いでんしちりょう）
◎ 基因改良作物	遺伝子組み換え作物（いでんしくかさくもつ）
◎ 遠距醫療	遠隔医療（えんかくいりょう）
◎ 安寧病房	ホスピス
◎ 加護病房	集中治療室（しゅうちゅうちりょうしつ）
◎ 日照中心	デーケアセンター
◎ 悲傷照護	グリーフケア

◎ 氣切插管　気管切開チューブ、気管挿管

◎ 胃造口　イロウ管

◎ 急性重症醫院　急性期病院

◎ 緩和照護病房　緩和ケア病棟

◎ 生物科技　バイオテクノロジー

◎ 帶狀泡疹　帯状疱疹

◎ 心理諮商　カウンセリング

◎ 心靈創傷　トラウマ

◎ 心理壓力　ストレス

◎ 心靈重建　心のケア

◎ 心靈之家　癒しの家

◎ 中途之家　駆け込み寺

例　中途之家收留許多受虐兒童。

駆け込み寺には多くの虐待された児童を収容している。

◎ 心理諮商師　カウンセラー

◎ 心神喪失　心神喪失

◎ 心臟衰竭　心不全

◎ 心肌梗塞　心筋梗塞

◎ 心律不整　不整脈

◎ 心電感應　テレパシー

◎ 骨髓移植　骨髄移植

◎ 變性手術　性転換手術

◎ 居家照護　ホームヘルパー

◎ 器官移植　　　臓器移植（ぞうきいしょく）

◎ 器官捐贈　　　ドナー

◎ 器官捐贈卡　　ドナーカード

◎ 腎上激素　　　アドレナリン

◎ 退黑激素　　　メラトニン

◎ 黑色素瘤　　　メラノーマ

◎ 超級病毒　　　スーパーウイルス

◎ 小兒麻痺　　　ポリオ

◎ 試管嬰兒　　　試験管（しけんかん）ベビー

◎ 玻璃娃娃　　　骨形成不全症（こつけいせいふぜんしょう）

◎ 酒精中毒　　　アルコール依存症（いぞんしょう）、アルコール中毒（ちゅうどく）

◎ 帕金森症　　　パーキンソン病（びょう）

◎ 海默茲症　　　アルツハイマー

◎ 手足口病　　　手足口病（てあしくちびょう）

◎ 拇指外翻　　　外反母趾（がいはんぼし）

◎ 冠狀病毒　　　コロナウィルス

例　據說SARS是由冠狀病毒所引起的。

　　SARSはコロナウィルスによってもたらされるそうだ。

◎ 新冠肺炎　　　新型（しんがた）コロナウィルス、新型肺炎（しんがたはいえん）

◎ 變種病毒　　　変異（へんい）ウィルス、変異株（へんいかぶ）

◎ 封城　　　　　ロックダウン

◎ 口罩　　　　　マスク

◎ 面罩　　　　　フェースシールド

◎ 重症　重症（じゅうしょう）

◎ 零確診　新規感染者ゼロ（しんきかんせんしゃ）

◎ 無症狀　無症状（むしょうじょう）

◎ 氣溶膠　エアロゾル

◎ 新冠裁員　コロナ切り（ぎ）

◎ 新冠疲乏　コロナ疲れ（つか）、コロナ鬱（うつ）

◎ 新冠灰燼　コロナバーンアウト

註 因新冠疫情將所有計畫及熱情燃燒殆盡之意。

◎ 社區感染　集団感染（しゅうだんかんせん）

◎ 社交距離　ソーシャルディスタンス

◎ 社交疫苗　ソーシャルワクチン

◎ 群聚感染　集団感染（しゅうだんかんせん）、クラスター感染（かんせん）

◎ 超前部署　先手防疫（せんてぼうえき）

◎ 方艙醫院　野戦病院（やせんびょういん）

◎ 傳染病大流行　パンデミック

◎ 傳染大爆發　アウトブレイク

◎ 爆發性傳染　オーバーシュート

◎ 隱匿病情　患者隠し疑惑（かんじゃかく・ぎわく）

◎ 疑似感染　擬似感染（ぎじかんせん）

◎ 防疫體系　防疫体系（ぼうえきたいけい）

◎ 幽門桿菌　ピロリ菌（きん）

◎ 肉毒桿菌　ボツリヌス菌（きん）

例 注射肉毒桿菌。

ボトックス注射。

◎ 居家隔離	自宅待機
◎ 交叉感染	院内感染
◎ 負壓病房	陰圧病室
◎ 可能病例	可能性例
◎ 懷疑病例	疑い例
◎ 罕見疾病	特定疾患、難病
◎ 境外感染	水際感染
◎ 機內檢疫	機内検疫
◎ 快篩儀器	簡易検査キット
◎ 標靶藥物	分子標的薬
◎ 標靶治療	分子標的治療
◎ 核磁共振	磁気共鳴画像法（MRI）
◎ 正子造影	ポジトロン断層法、PET検査
◎ 漢他病毒	ハンタウィルス
◎ 伊波拉病毒	イボラウィルス
◎ 超級感染源（傳播王）	スーパースプレッダー
◎ 超級傳播者大會	スーパースプレッダーイベント
◎ 免疫球蛋白	抗ウィルス剤
◎ 非典型肺炎	サーズ、新型肺炎
◎ 攝護腺腫大	前立腺肥大
◎ 紅瘡性狼斑	膠原病

◎ 骨質疏鬆症	骨粗しょう症	こつそ しょう
◎ 橫紋肌溶解	横紋筋融解	おうもんきんゆうかい
◎ 老人癡呆症	老人ボケ、認知症	ろうじん にんちしょう
◎ 亞斯伯格症	アスペルガー症候群	しょうこうぐん
◎ 精神分裂症	統合失調症	とうごうしっちょうしょう
◎ 椎間盤突出	椎間板ヘルニア	ついかんばん
◎ 心律調節器	ペースメーカー	
◎ 心血管疾病	心欠陥疾病	しんけっかんしっぺい
◎ 視網膜剝離	網膜症	もうまくしょう
◎ 老年性黃斑病變	加齢黄斑変性	かれいおうはんへんせい
◎ 色素性視網膜炎	網膜色素変性症	もうまくしきそへんせいしょう
◎ 蜂窩性組織炎	蜂窩織炎	ほうかしきえん
◎ 旅遊警示區（紅色警戒）	渡航延期勧告	とこうえんきかんこく
◎ 退伍軍人症	在郷軍人病	ざいごうぐんじんびょう
◎ 雞尾酒療法	カクテル療法	りょうほう
◎ 重粒子治癌	重粒子線治療	じゅうりゅうしせんちりょう
◎ 炭素線治療	炭素線治療	たんそせんちりょう
◎ 質子治療中心	陽子線治療センター	ようしせんちりょう
◎ 臍帶血銀行	臍帯血バンク	さいたいけつ
◎ 醫療安全網	医療のセーフティーネット	いりょう
◎ 產後憂鬱症	産後鬱	さんごうつ
◎ 被害妄想症	妄想性障害	もうそうせいしょうがい
◎ 手術同意書	インフォームドコンセント	

◎ 近視雷射手術	近視レーザー手術（レーシック手術）
◎ 心臟繞道手術	冠動脈バイパス手術
◎ 達文西手術	モーションスケール（手術支援ロボットダウィンチ）
◎ 國際紅十字會	国際赤十字社
◎ 全國淨空十日	全国十日間活動停止
◎ 從感染區除名	感染地域指定から解除された
◎ 多重器官衰竭	多臓器不全
◎ 蜘蛛膜下出血	くも膜下出血
◎ 黃色葡萄球菌	黄色ぶどう球菌
◎ 電腦斷層掃瞄	CTスキャン、コンピュータ断層撮影法
◎ 新陳代謝健診	メタボ健診
◎ 醫學檢查	メディカルチェック
◎ 婚前檢查	ブライダルチェック
◎ 新陳代謝症候群	メタボ、メタボリックシンドローム
◎ 彌散性血管內凝血（DIC）	播種性血管内凝固症候群（DIC）
◎ 全自動體外電擊器	AED（自動体外式除細動器）
◎ 濾過性病原體抑制因子	インターフェロン治療

【中文】	【日文】
◎ 眼線	アイライン
◎ 眼影	アイシャット
◎ 眼霜	アイクリーム

◎ 眼線筆　アイライナー

◎ 眉筆　アイブロー

◎ 黑眼圈　くま

例 由於太過勞累，眼圈都黑了。

疲(つか)れて目(め)のふちにくまができた。

◎ 睫毛膏　マスカラ

◎ 睫毛夾　アイラッシュカーラー

◎ 假睫毛　つけまつげ

◎ 眼部彩妝　アイメイク

◎ 口紅　口紅(くちべに)

◎ 脣蜜　リップグロス

◎ 脣膏　リップクリーム

◎ 脣線筆　リップライナー

◎ 凝霜　ゲル

◎ 凝膠　ジェル

◎ 粉底　ファンデーション

◎ 乳霜　クリーム

◎ 夜霜　ナイトクリーム

◎ 面霜　フェイスクリーム

◎ 頸霜　ネッククリーム

◎ 護手霜　ハンドクリーム

◎ 隔離霜　化粧下地(けしょうしたじ)

◎ 精華液　美容液(びようえき)、エッセンス

◎ 防曬乳	日焼け止めクリーム
◎ 防曬袖套	アームカバー
◎ 防曬外套	ラッシュパーカー
◎ 卸妝	メイク落とし、クレジング
◎ 卸妝水	クレジングウォーター
◎ 卸妝油	クレジングオイル
◎ 化妝綿	コットン
◎ 黑色素	メラニン
◎ 粒腺體	ミトコンドリア
◎ 保養品	スキンケア
◎ 化妝水	ローション
◎ 油性肌	脂性肌
◎ 乾燥肌	乾燥肌
◎ 中性肌	普通肌
◎ 敏感肌	敏感肌
◎ 去角質	角質を取る、エクスフォリエイター、ピーリング
◎ 去角質霜	エクスフォリエイタークリーム
◎ 去角質凝膠	エクスフォリエイタージェル
◎ 痘疤	ニキビ跡
◎ 美臀	美尻
◎ 提臀	ヒップアップ
◎ 排毒	デットクス
◎ 隆乳	豊胸術・バストアップ術

◎ 縮胸	バストリダクション
◎ 隆鼻	隆鼻術（りゅうびじゅつ）
◎ 瞳孔放大	瞳拡大（ひとみかくだい）
◎ 割雙眼皮	二重（にじゅう）まぶた形成（けいせい）
◎ 戽斗	しゃくれた顔（かお）
◎ 植髮	植毛（しょくもう）
◎ 燙髮	パーマ
◎ 螺絲燙	スパイラルパーマ
◎ 黑人頭	アフロ
◎ 離子燙	ストレートパーマ
◎ 平板燙	アイロンストレート、ストレットパーマ
◎ 染髮	髪染（かみぞ）め
◎ 染髮補色	カラーリタッチ
◎ 接髮	ヘアーエクステ
◎ 護髮	ヘアートリートメント
◎ 空氣燙	エアーウェブ
◎ 頭皮按摩	頭皮（とうひ）マッサージ
◎ 假髮	鬘（かつら）
◎ 禿頭	はげ、たこ
◎ 自然捲	天然（てんねん）パーマ
◎ 爆炸頭	パンチパーマ
◎ 生髮劑	育毛剤（いくもうざい）
◎ 護髮乳	トリートメント

◎ 種睫毛／接睫毛　まつ毛(げ)エクステ

◎ 醫美診所　美容外科(びようげか)

◎ 抽脂　脂肪吸引(しぼうきゅういん)

◎ 瘦臉　小顔(しょうがお)

◎ 拉皮　しわ伸(の)ばし

◎ 曬傷　サンバーン

◎ 紫外線沙龍　日焼(ひや)けサロンー

◎ 粉刺　顔(かお)ダニ

◎ 面皰／痤瘡　ニキビ・ざそう

◎ 骨刺　椎間板(ついかんばん)ヘルニア

◎ 疝氣　ヘルニア

◎ 除皺　しわ取(と)り

◎ 除斑　シミ取(と)り

◎ 雀斑　そばかす

◎ 脈衝光　パルスレーザー、IPL

◎ 雷射治療　レーザー治療(ちりょう)

◎ 雷射除皺　レーザー皺取(しわと)り

◎ 雷射除斑　レーザーシミ取(と)り

◎ 自體脂肪注射　脂肪注入(しぼうちゅうにゅう)

◎ 豐頰　頬(ほお)の脂肪注入(しぼうちゅうにゅう)

◎ 精油　アロマオイル

◎ 減肥　ダイエット

◎ 減肥餐　ダイエットメニュー

◎ 雙下巴	二重(にじゅう)あご
◎ 暴食症	過食症(かしょくしょう)
◎ 厭食症	拒食症(きょしょくしょう)
◎ 卡路里	カロリー
◎ 胎盤素	プラセンタ・エキス
◎ 打胎盤素	プラセンタ注射(ちゅうしゃ)
◎ 甲殼素	キトサン
◎ 健身房	フィットネスクラブ・スポーツジム
◎ 香精療法	アロマセラピー
◎ 微整形	プチ整形(せいけい)
◎ 塑身美容	シェイプアップ
◎ 美容沙龍	エステ
◎ 面膜	パックマスク
◎ 美白面膜	美白(びはく)マスク
◎ 膠原蛋白	コラーゲン
◎ 指甲彩繪	ネイルアート
◎ 指甲彩繪沙龍	ネイルサロンー
◎ 人體彩繪	ボディー・ペインティング
◎ 施打玻尿酸	ヒアルロン酸注入(さんちゅうにゅう)
◎ 減肥又復胖的循環	ダイエットとリバウンドの繰(く)り返(かえ)し

第九篇

常見文化、休閒用語篇

【中文】	【日文】
◎ 試鏡	オーディション
◎ 分鏡	コマ割(わ)り
◎ 旁白	ナレーション
◎ 聲優	声優(せいゆう)
◎ 配音	吹(ふ)き込(こ)み、アフレコ
◎ 配樂	サウンドトラック
◎ 主播	ニュースキャスター
◎ 播音	アナウンス
◎ 播音員	アナウンサー
◎ 剪接（蒙太奇）	モンタージュ
◎ 合成（照片）	合成写真(ごうせいしゃしん)
◎ 合成音響	コンポーネントステレオ

◎ 記者	記者（きしゃ）、ジャーナリスト
◎ 攝影記者	フォトジャーナリスト
◎ 媒體	マスコミ、メディア
◎ 多媒體	マルチメディア
◎ 自媒體	セルフメディア
◎ 廣播電台	放送局（ほうそうきょく）
◎ 電視台	テレビ局（きょく）
◎ 有線電視	ケーブルテレビ
◎ 電視購物	テレビショッピング
◎ 演員	俳優（はいゆう）
◎ 演藝圈	芸能界（げいのうかい）
◎ 娛樂界	エンターテインメント
◎ 替身演員	スタントマン
◎ 臨時演員	エキストラ
◎ 脫口秀	トークショー
◎ 談話節目	トーク番組（ばんぐみ）
◎ 相聲	漫才（まんざい）
◎ 雙口相聲	落語（らくご）
◎ 漫畫	コミック、漫画（まんが）
◎ 動畫	アニメ、動漫（どうまん）、動画（どうが）
◎ 動漫展	アニメフェア
◎ 同人展	コミックマーケット、コミケ
◎ 角色扮演	コスプレ

◎ 主唱　リードボーカル

例 約翰藍農是披頭四的主唱。

ジョンレノンさんは「ザ・ビートルズ」のリードボーカルです。

◎ 流行歌手　ポップス歌手（かしゅ）

◎ 媒人　仲人（なこうど）

◎ 相親　見合い（みあい）

◎ 嫁妝　嫁入り道具（よめいりどうぐ）

◎ 聘金　結納金（ゆいのうきん）

◎ 紅娘　月下氷人（げっかひょうじん）、仲人（なこうど）

◎ 表演　パフォーマンス

◎ 默劇　パントマイム

◎ 校花　ミス・キャンパス

◎ 辣妹　コギャル

◎ 選美　美人（びじん）コンテスト

◎ 環球小姐　ミスワールド

◎ 大學先生　ミスター・ユニバーサティ

◎ 大學小姐　ミス・ユニバーサティ

◎ 美女報時　美人時計（びじんどけい）

◎ 報時網站　時報（じほう）サイト

◎ 生理時鐘　体内時計（たいないどけい）

◎ 重新包裝　ラッピング

◎ 休閒　レクリエーション

◎ 渡假　バカンス

◎ 樂團	バンド
◎ 搖滾樂團	ロックバンド
◎ 流行音樂天王	キング・オブ・ポップ
◎ 螢光棒	ライトスティック、ケミカルライト
◎ 鎂光燈	フラッシュ
◎ 聚光燈	ライトスポット
◎ 電瓶燈	バッテリライト
◎ 探照燈	サーチライト
◎ 尾燈	テールライト
◎ 頭燈（大燈）	ヘッドライト
◎ 室內照明	ルームライト
◎ 腳燈	フットライト
◎ 曝光指數	ライトバリュー
◎ 照明筆	ペンライト
◎ 觀測鏡	観測（かんそく）メガネ
◎ 日全蝕	皆既日食（かいきにっしょく）
◎ 日偏蝕	部分食（ぶぶんしょく）、部分日食（ぶぶんにっしょく）
◎ 鑽石環	ダイヤモンドリング
◎ 幸運草	クローバー
◎ 歌劇	オペラ
◎ 長笛	フルート
◎ 陶笛	オカリナ
◎ 口琴	ハモニカ

◎ 出道　　デビュー

◎ 獨奏（獨唱）　　ソロ

◎ 合奏（共同表演）　　コラボレーション

◎ 謝幕　　カーテンコール

◎ 巡迴公演　　リサイタル

◎ 管弦樂　　ファンファーレ、吹奏楽（すいそうがく）

◎ 合唱團　　合唱団（がっしょうだん）、コーラス

◎ 演唱會　　コンサート

◎ 小提琴　　バイオリン

◎ 中提琴　　ビオラ

◎ 大提琴　　チェロ

◎ 小喇叭　　トランペット

◎ 電吉他　　電気（でんき）ギター

◎ 薩克斯風　　サキソホン、サックス

◎ 啦啦隊　　チアリーダーチーム、応援団（おうえんだん）

◎ 大會操　　マスゲーム

◎ 啦啦隊比賽　　チアリーディング選手権大会（せんしゅけんたいかい）

【中文】　　【日文】

◎ 數獨　　数獨（すうどく）

例 數獨遊戲風靡全球。

数獨（すうどく）ゲームは一時的（いちじてき）に世界（せかい）を風靡（ふうび）していた。

◎ 猜字迷　　クロスワード

◎ 猜燈謎　なぞなぞゲーム

◎ 拼圖　ジグソーパズル

◎ 拼布　パッチワーク

◎ 積木　積み木

◎ 樂高　レゴ

◎ 扭蛋　ガチャガチャ

例 有一陣子中小學生流行玩扭蛋，大家競相收集公仔。

一時的には小中学生の間ではガチャガチャがはやって、みんな競ってマスコッドの収集に励んだ。

◎ 骨牌　ドミノ

◎ 推骨牌　ドミノ倒し

◎ 猜拳　じゃんけん

◎ 圍棋　囲碁

◎ 下圍棋　囲碁を打つ

◎ 象棋　将棋

◎ 下象棋　将棋を指す

◎ 算命　占い

◎ 碟仙　コックリさん

◎ 手遊（社群遊戲）　ソーシャゲー、ソーシャルゲーム

◎ 手遊　スマホゲーム

◎ 手遊角色　スマキャラ、スマホキャラクター

◎ 比腕力　腕相撲

◎ 打勾勾　指きりげんまん

◎ 撲克牌　トランプ

◎ 撲克臉　ポーカーフェース

◎ 塔羅牌　タロットカード

◎ 黑白闕（台）　あっちむいてほい

◎ 捉迷藏　隠(かく)れん坊(ぼう)、鬼(おに)ごっこ

◎ 娃娃機　UFOキャッチ

◎ 回力鏢　ブーメラン

◎ 馬戲團　サーカス

◎ 跳繩　縄跳(なわと)び

◎ 悠悠、溜溜球　ヨーヨー

◎ 玩接龍　しりとり

◎ 波浪鼓　でんでん太鼓(たいこ)

◎ 玻璃珠、彈珠　ビー玉(たま)

◎ 打陀螺　独楽(こま)をまわす

◎ 打紙牌　面子(めんこ)

◎ 丟沙包　お手玉(てだま)

◎ 吹泡泡　シャボン玉(だま)

◎ 盪鞦韆　ブランコ

◎ 溜滑梯　滑(すべ)り台(だい)

◎ 竹蜻蜓　竹(たけ)とんぼ

◎ 手語　手話(しゅわ)

◎ 讀唇術　唇術読(しんじゅつよ)み

◎ 扮家家酒　ままごと

◎ 魔術方塊	ルービックキューブ
◎ 模型玩具	プラモデル
◎ 俄羅斯輪盤	ロシアルーレット
◎ 奧運	オリンピック大会(たいかい)、五輪(ごりん)
◎ 攀岩	ロッククライミング
◎ 縱走	トレッキング
◎ 慢跑	ジョギング
◎ 踏青	ハイキング
◎ 競走	エクササイズウォーキング
◎ 登山鞋	トレッキングシューズ
◎ 潛水	スキューバーダイビング
◎ 浮潛	ダイビング
◎ 衝浪	サーフィン
◎ 風帆	カイトサーフィン
◎ 泛舟	ラフティング、激流(げきりゅう)くだり
◎ 跳傘	スカイダイビング
◎ 飛行傘	パラグライダー
◎ 大聯盟	大(だい)リーグ

例 台灣出身的王建民在美國大聯盟表現出色。

台湾出身(たいわんしゅっしん)の王建民選手(おうけんみんせんしゅ)はアメリカの大(だい)リーグで活躍(かつやく)している。

◎ 伸卡球	ナックルボール
◎ 球季	レギュラーシーズン
◎ 季後賽	オフプレー

◎ 牛棚（投手練習場） ブルペン
◎ 壁球 スカッシュ
◎ 足球 サッカー
◎ 壘球 ソフトボール
◎ 槌球 ゲートボール
◎ 籃球 バスケットボール
◎ 排球 バレーボール
◎ 手球 ハンドボール
◎ 羽毛球 バドミントン
◎ 橄欖球 ラグビー
◎ 躲避球 ドッジボール
◎ 美式足球 フットボール
◎ 瑜珈 ヨガ
◎ 滑雪 スキー
◎ 溜冰 ローラスケート
◎ 冰壺 カーリング
◎ 花式溜冰 フィギュアスケート
◎ 滑雪場 ゲレンデ
◎ 直排輪 インラインスケート
◎ 滑板車 キックボード
◎ 滑雪板 スノーボード
◎ 競速滑冰 スピードスケート
◎ 跳躍滑雪 ジャンプスキー

◎ 水上芭蕾　シンクロ

◎ 鐵人三項　鉄人(てつじん)トライアスロン

◎ 職業摔角　プロレス

◎ 職業摔角選手　プロレスラー

◎ 高空彈跳　バンジージャンプ

◎ 聽障奧運　デフリンピック

◎ 殘障奧運　パラリンピック

◎ 極限運動　エクストリームスポーツ

◎ 冬季奧運　冬季五輪(とうきごりん)

◎ 亞運　アジア大会(たいかい)

◎ 東亞運　東(ひがし)アジア大会(たいかい)

◎ 世界運動會　ワールドゲームズ

◎ 世界盃足球賽　ワールドカップ

◎ 世界大學運動會　ユニバーシアード大会(たいかい)

【中文】　【日文】

◎ 奢華　ラグジュアリー

例 不追求流行，講究品質，後金融危機時代奢華風反而大行其道。

流行(りゅうこう)は追(お)わない、「質(しつ)」にこだわる、ポスト金融危機(きんゆうきき)がラグジュアリーが却(かえ)って高級(こうきゅう)トレンドとなった。

◎ 復古　レトロ

◎ 賞鳥　バードウォッチング

◎ 帝雉　ミカドキジ

◎ 朱鷺　トキ

◎ 火雞　七面鳥（しちめんちょう）

◎ 肉雞　ブロイラー

◎ 藍腹鷴　青腹雉（あおばらきじ）

◎ 天堂鳥　風鳥（ふうちょう）、極楽鳥（ごくらくちょう）

◎ 黑面琵鷺　黒面（くろつら）ヘラサギ

◎ 台灣藍鵲　ヤマムスメ

◎ 國王企鵝　キングペンギン

◎ 韓流　韓国（かんこく）フィーバー

◎ 媽祖　媽祖（まそ）、海（うみ）の女神（めがみ）

◎ 遶境　境内（けいだい）めぐり

◎ 遊行　パレード

◎ 健行　ワンダーフォーゲル

◎ 閱兵　軍事（ぐんじ）パレード

◎ 義賣　バザール

◎ 地攤　露天商（ろてんしょう）

◎ 路邊攤　屋台（やだい）

◎ 夜市　夜市（よいち）

◎ 哭牆（耶路薩冷）　嘆（なげ）きの壁（かべ）

◎ 蜂炮　爆竹祭（ばくちくまつ）り

例　鹽水蜂炮揚名國際。

塩水（えんすい）の爆竹祭（ばくちくまつ）りは国際上（こくさいじょう）で名（な）が知（し）られている。

◎ 藥膳　薬膳料理（やくぜんりょうり）

◎ 食補	スタミナ料理（りょうり）
◎ 補藥	サプリメント
◎ 香菜	パクチー、コリアンダー
◎ 九孔	とこぶし
◎ 鮑魚	あわび
◎ 魚翅	ふかひれ
◎ 鮪魚	マグロ
◎ 旗魚	カジキ
◎ 河豚	ふぐ
◎ 鱈魚	タラ
◎ 紅蟳	のこぎりがに
◎ 毛蟹	毛蟹（けがに）
◎ 龍蝦	伊勢海老（いせえび）
◎ 海鱺	スギ
◎ 魟魚	エイ、アカエイ
◎ 烏魚	ボラ
◎ 烏魚子	カラスミ
◎ 豆腐鯊	ジンベイザメ
◎ 松葉蟹	ズワイガニ
◎ 鱈場蟹	タラバガニ
◎ 大閘蟹	上海蟹（しゃんはいがに）
◎ 大螯蝦	ロブスター、オマール
◎ 石狗公	カサゴ

◎ 土魠魚	サワラ
◎ 紅柑魚	カンパチ
◎ 馬頭魚	マタイ
◎ 剝皮魚	カワハギ
◎ 鬼頭刀	シイラ
◎ 彈塗魚	ムツゴロウ
◎ 丁香魚	キビナゴ
◎ 沙丁魚	イワシ
◎ 白帶魚	太刀魚（たちうお）
◎ 台灣鯛	台湾（たいわん）ティラピア
◎ 石斑魚	キジハタ
◎ 龍膽石斑	タマカイ
◎ 白鯧魚	マナガツオ
◎ 魚丸湯	つみれ汁（じる）
◎ 西米露	タピオカミルク
◎ 魚子醬	キャビア
◎ 鵝肝醬	フォアグラ
◎ 松露	トリュフ
◎ 肉桂	シナモン、肉桂（にっけい）
◎ 麵茶	はったい粉（こ）
◎ 春捲	春巻（はるま）き
◎ 肉粽	粽（ちまき）
◎ 肉圓	肉団子（にくだんご）

◎ 魚丸　　つみれ

◎ 滷蛋　　しょうゆ漬(づ)け卵(たまご)

◎ 燕窩　　ツバメの巣(す)

◎ 年菜　　おせち料理(りょうり)

◎ 蘿蔔糕　　大根(だいこん)もち

◎ 南北貨　　乾物屋(かんぶつや)さん

◎ 開心果　　ピスタチオ

◎ 油條　　パン揚(あ)げ

◎ 竹笙　　絹笠(きぬがさ)だけ

◎ 套餐　　フルコース

◎ 酒神　　ディオニソス

◎ 紅酒　　赤(あか)ワイン

◎ 白酒　　白(しろ)ワイン

◎ 薄酒萊　　ボージョレー

◎ 貴腐酒　　トカイワイン、貴腐(きふ)ワイン

◎ 單寧酸　　ポリフェノール

◎ 兒茶素　　カテキン

◎ 氣泡酒　　スパークリングワイン

◎ 威士忌　　ウィスキー

◎ 白蘭地　　ブランデー

◎ 伏特加　　ウォッカ

◎ 龍舌蘭　　キャデッラ

◎ 精釀啤酒　　クラフトビール

◎ 侍酒師　ソムリエ

◎ 米其林　ミシュランガイド、ミシュラート

例 那一家餐廳是米其林三顆星的法國餐廳。

あのレストランはミシュランガイドに三つ星のフランス料理とランキング付けられた。

◎ 必比登　ビブグルマン

◎ 爆米花　ポップコーン

◎ 茭白筍　マコモ

◎ 爆米香　ドカン菓子

◎ 美食展　グルメ展示会

◎ 快餐　ライトランチ

◎ 餐車　キッチンカー

◎ 速食　ファストーフード

◎ 花茶　ハーブティー

◎ 靈芝　万年茸

◎ 甜菜根　ビーツ

◎ 控肉飯　豚バラ飯

◎ 魯肉飯　そぼろかけ飯

◎ 什錦飯　五目飯

◎ 東坡肉　豚肉の角煮

◎ 茶葉蛋　茶漬け卵

◎ 菜脯蛋　干し大根玉子焼き

◎ 荷包蛋　目玉焼き

◎ 蚵仔煎	牡蠣(かき)いり玉子(たまご)焼(や)き
◎ 水煎包	底焼肉(そこやきにく)マン
◎ 臭豆腐	臭豆腐(しゅうとうふ)
◎ 牛肉麵	牛肉麺(ぎゅうにくめん)
◎ 餛飩麵	ワンタン麺(めん)
◎ 杏鮑菇	エリンギ
◎ 牛肝菌	ポルチーニ
◎ 芥菜	からし菜(な)
◎ 菠菜	ほうれん草(そう)
◎ 香茅	レモングラス
◎ 紅蔥頭	エシャロット
◎ 花椰菜	カリフラワー
◎ 綠花椰菜	ブロッコリー
◎ 小松菜	小松菜(こまつな)
◎ 小白菜	青梗菜(ちんげんさい)
◎ 西洋菜	クレソン
◎ 高麗菜	キャベツ
◎ 山苦瓜	ツルレイシ
◎ 覆盆子	ヨーロッパキイチゴ、ラズベリー
◎ 鳳梨酥	パイナップルケーキ
◎ 下午茶	ティーブレク
◎ 素食者	菜食主義者(さいしょくしゅぎしゃ)、ベジタリアン
◎ 食品展	フードフェア

◎ 食物銀行	食品銀行（しょくひんぎんこう）
◎ 食物浪費	食品（しょくひん）ロス
◎ 自助餐	ビュッフェ、バイキング
◎ 健康餐	ヘルシーメニュー
◎ 喝到飽	飲（の）み放題（ほうだい）
◎ 吃到飽	食（た）べ放題（ほうだい）
◎ 麥當勞	マクドナルド
◎ 肯德雞	ケンタッキフライドチキン
◎ 儂特利	ロッテリア
◎ 漢堡王	バーガーキング
◎ 摩斯漢堡	モスバーガー
◎ 精緻料理	デリケート料理（りょうり）
◎ 素食料理	精進料理（しょうじんりょうり）
◎ 生機飲食	マクロビオティック
◎ 珍珠奶茶	タピオカミルクティー
◎ 木薯	キャッサバ
◎ 紅藜麥	赤（あか）キヌア、キヌア
◎ 生機食品	オーガニック食品（しょくひん）
◎ 有機食品	有機食品（ゆうきしょくひん）
◎ 熱帶水果	トロピカルフルーツ
◎ 北京烤鴨	北京（ぺきん）ダック
◎ 唐老鴨	ドナルドタック
◎ 巨無霸漢堡	テラバーガー

◎ 日式牛肉燴飯　ハヤシライス

◎ 超級牛肉蓋飯　メガ牛丼(ぎゅうどん)

【中文】　【日文】

◎ 芭蕾舞　バレエ

◎ 草裙舞　フラフラダンス

◎ 土風舞　フォックダンス

◎ 社交舞　社交(しゃこう)ダンス

◎ 肚皮舞　ベリーダンス

◎ 踢踏舞　ステップダンス

◎ 國標舞　ダンススポーツ

◎ 騷莎舞　サルサダンス

◎ 嘻哈舞　ブレイクダンス

◎ 頭頂地旋轉秀　ヘッドスピン

◎ 月球舞步　ムーンウォーク

例 已逝的麥可・傑克森以月球舞步聞名於世。

亡(な)くなったマイケル・ジャクソンはムーンウォークで名(な)が知(し)られている。

◎ 有氧舞蹈　エアロビクス

◎ 佛朗名哥舞　フラメンコダンス

◎ 蘇富比　サザービズ競売会社(きょうばいがいしゃ)

◎ 佳士得　クリスティーズ競売会社(きょうばいがいしゃ)

◎ 布袋戲　指人形(ゆびにんぎょう)

◎ 歌仔戲	台湾(たいわん)オペラ
◎ 放天燈	ランダン飛(と)ばし
◎ 元宵節	ランタン祭(まつ)り
◎ 端午節	端午(たんご)の節句(せっく)
◎ 划龍舟	ドラゴンボードレース
◎ 感恩節	感謝祭(かんしゃさい)
◎ 電影節	映画祭(えいがさい)
◎ 情人節	バレンタインデー
◎ 復活節	イースター
◎ 萬聖節	ハローウィーン
◎ 不老節（宜蘭）	フォーエバー・ヤング・フェスティバル
◎ 麋鹿	トナカイ
◎ 聖誕節	クリスマス
◎ 聖誕紅	ポインセチア
◎ 九重葛	ブーゲンビリア
◎ 扶桑花	ハイビスカス
◎ 平安夜	クリスマスイブ
◎ 聖誕樹	クリスマスツリー
◎ 聖誕歌	クリスマスソング
◎ 薑餅屋	ジンジャーケーキ
◎ 聖誕老人	サンタクロース
◎ 魔術師	手品師(てじなし)（マジシャン）
◎ 紀錄片	ドキュメンタリー

◎ 首映會	ロードショー、封切り映画
◎ 童玩節	子供の遊びフェスティバル
◎ 假人	マネキン
◎ 長裙	ロングスカート
◎ 褲裙	キュロットスカート
◎ 馬甲	コルセット
◎ 絲襪	ストッキング
◎ 領結	ボウ・タイ
◎ 袖釦	カフスボタン
◎ 口袋巾	ポケットチーフ
◎ 領帶夾	ネクタイピン
◎ 服裝秀	ファッションショー
◎ 情人裝	ペアルック
◎ 緊身裙	タイトのスカート
◎ 緊身衣	チュニック
◎ 孕婦裝	マタニティードレス
◎ 丁字褲	Ｔバック
◎ 休閒褲	スラックス
◎ 露背裝	バックレス・ドレス
◎ 露肚裝	臍だしルック
◎ 迷你裙	ミニスカート
◎ 晚禮服	イブリングドレス
◎ 燕尾服	タキシード

◎ 鯊魚裝　さめ肌水着（はだみずぎ）

◎ 造型師　スタイリスト

◎ 內衣外穿　アルバー

◎ 噴霧絲襪　エアストッキング

◎ 無袖衣服　ノースリーブ

◎ 民族服飾　エスニックファッション

◎ 連帽外套　ヨットパーカー

◎ 不穿胸罩　ノーブラ

◎ 細肩帶衣服　ストラップレスドレス

◎ 透明肩帶胸罩　ヌーブラ

【中文】　【日文】

◎ 紅地毯　レットカーペット

◎ 紅磨坊　ムーランルージュ

◎ 百老匯　ブロードウェー

◎ 好萊塢　ハリウッド

◎ 迪士尼樂園　ディズニーランド

◎ 賞鯨船　ホエールウォッチングクルーズ

◎ 西敏寺　ウェストミンスター寺院（じいん）

◎ 奔牛節　牛追い祭（うしおいさい）

◎ 策展人　キュレーター

◎ 雙年展　ビエンナーレ

例 台北市立美術數館所舉辦的雙年展，已漸漸打響名號。

台北市立美術館が主催するビエンナーレは、だんだん知名度が上がってきた。

◎ 三年展　トリエンナーレ

◎ 吳哥窟　アンコールワット

◎ 金字塔　ピラミッド

◎ 羅浮宮　ルーブル

◎ 時代廣場　タイムズスクェア

◎ 凡爾賽宮　ベルサイユー

◎ 文藝復興　ルネサンス

◎ 埃及豔后　クレオパトラ

◎ 泰姬瑪哈陵　タージマハル

◎ 獅身人面像　スフィンクス

◎ 大都會博物館　メトロポリタン博物館

◎ 羅浮宮美術館　ルーブル美術館

◎ 古根漢美術館　グッゲンハイム美術館

◎ 自由行　オプショナルツアー

◎ 背包客　パック旅行者、バックパッカー

◎ 自助旅行　手作り旅行

◎ 套裝行程　パケッジツアー

◎ 員工旅遊　慰安旅行

◎ 教育旅行　修学旅行

◎ 孤獨之旅　個人旅行、一人旅

◎ 豪華旅遊	ゴージャス旅行、豪華旅行
◎ 克難旅遊	貧乏旅行
◎ 深度旅遊	ディープ旅
◎ 懷舊之旅	懐古の旅
◎ 醫療觀光	医療観光、メディカルツーリズム
◎ 環保旅遊	エコツーリズム
◎ 壯遊	グランドツアー
◎ 光雕	プロジェクションマッピング
◎ 視覺藝術	ビジュアルアート
◎ 公共藝術	パブリックアート
◎ 行為藝術	パフォーマンスアート
◎ 表演藝術	パフォーミングアート
◎ 裝置藝術	インスタレーション
◎ 藝術村	アーティスト・イン・レジデンス
◎ 駐節藝術家	レジデンスアーティスト
◎ 拼貼藝術	コラージュ
◎ 主題公園	テーマパーク
◎ 拍賣市場	オークション
◎ 大賣場	ショッピングモール
◎ 哈日族	日本大好き族
◎ 聯合婚禮	合同結婚式
◎ 加冕大典	戴冠式
◎ 皇室婚禮	ロイヤルウェディング

例 英國王位第二順位繼承人威廉王子與凱特，29日在西敏寺結婚，皇室婚禮吸引全球矚目。

英国の王位継続順位2位のウィリアム王子とケイトさんが29日、ウェストミンスター寺院で結婚式を行われ、ロイヤルウェディングが世界の注目をされていた。

◎ 婚禮諮商	ブライダルプランナー
◎ 綠色長廊	緑のコリドー
◎ 渡假打工	ホリデーウォーキング
◎ 過境簽證	トランジットビザ
◎ 熱門地點	ホットポイント
◎ 電動玩具	テレビゲーム
◎ 黃色笑話	あしらい冗談
◎ 黑色幽默	ブラックユーモア
◎ 演講比賽	スピーチコンテスト
◎ 辯論比賽	ディベート大会
◎ 配音比賽	アフレココンテスト
◎ 便利超商	コンビニ
◎ 彩繪列車	ラッピング列車
◎ 觀賞北極光	オーロラ観賞
◎ 產品代言人	イメージ・キャラクター
◎ 一年多次簽	マルチビザ
◎ 提名入圍	ノミネート
◎ 坎城影展	カンヌ国際映画祭

◎ 普立茲獎	ピュリツァー賞
◎ 葛萊美獎	グラミー賞
◎ 金棕櫚獎	パルムドール賞
◎ 實驗電影	アートシアター
◎ 普立茲克獎	プリッカー賞
◎ 家庭電影院	ホームシアター
◎ 威尼斯影展	ベネチア国際映画祭
◎ 奧斯卡金像獎	アカデミー賞（オスカー）
◎ 最佳女主角獎	主演女優賞
◎ 最佳男主角獎	主演男優賞
◎ 最佳女配角獎	助演女優賞
◎ 最佳男配角獎	助演男優賞
◎ 玻離藝術節	ガラスアートフェスティバル
◎ 國際風箏節	国際カイトフェスティバル
◎ 假面藝術節	仮面アートフェア
◎ 國際偶戲節	国際人形劇フェスティバル
◎ 國際管樂節	国際吹奏楽フェスティバル
◎ 地景藝術節	ランドスケープアートフェスティバル
◎ 國際歌謠藝術節	国際歌謡芸術フェスティバル
◎ 國際文化藝術節	国際文化芸術フェスティバル
◎ 悅讀彩繪爵士節	読書絵画ジャズフェア
◎ 國際貨櫃藝術節	国際コンテナアートフェスティバル

【單字補給站】

単語補給ステーション

第十篇

常見成語、典故用語篇

【中文】	【日文】
◎ 一再拖延	紺屋（こうや）のあさって
◎ 一觸即發	一触即発（いっしょくそくはつ）
◎ 一瀉千里	一瀉千里（いっしゃせんり）
◎ 一見鍾情	一目（ひとめ）ぼれ
◎ 一帆風順	順風満帆（じゅんぷうまんぱん）
◎ 一敗塗地	一敗地（いっぱいち）にまみれる
◎ 一籌莫展（窮途末路）	絶体絶命（ぜったいぜつめい）

例 絕處逢生。

絶体絶命（ぜったいぜつめい）のピンチに助（たす）けられる。

◎ 自顧不暇	紺屋（こうや）の白袴（しろばかま）
◎ 人去樓空	もぬけの殻（から）
◎ 人心惶惶	みんなぴりぴりしている

◎ 才疏學淺	浅学非才（せんがくひさい）
◎ 大器晚成	大器晩成（たいきばんせい）
◎ 上流社會	上流社会（じょうりゅうしゃかい）
◎ 千錘百鍊	筋金入り（すじがねい）
◎ 千篇一律	紋切り型（もんきがた）、ステレオタイプ
◎ 不忍卒睹	見（み）るに忍（しの）びないもの
◎ 不成體統	なんという体（てい）たらくだ
◎ 不勞而獲	一攫千金（いっかくせんきん）
◎ 大飽眼福	目（め）の正月（しょうがつ）
◎ 五花大綁	八重十文字（やえじゅうもんじ）
◎ 綁手綁腳	雁字搦め（がんじがら）
◎ 以德報怨	徳（とく）を持（も）って怨（うら）みに報（ほう）ず
◎ 以毒攻毒	毒（どく）をもって毒（どく）を制（せい）す
◎ 以身作則	率先垂範（そっせんすいはん）
◎ 百折不撓	七転び八起き（ななころ　やお）
◎ 自相矛盾	自家撞着（じかどうちゃく）
◎ 自吹自擂	手前味噌（てまえみそ）
◎ 自欺欺人	自己欺瞞（じこぎまん）
◎ 正中下懷	思（おも）う壺（つぼ）にはまる
◎ 目不識丁	目（め）に一丁字（いっていじ）なし
◎ 化為泡影	ふいになる
◎ 左右逢源	両手（りょうて）に花（はな）
◎ 阿諛奉承	ちやほやする

◎ 打小報告　告げ口
◎ 打情罵俏　いちゃいちゃする
◎ 花言巧語　口車に乗る
◎ 甜言蜜語　くどき文句
◎ 爭風吃醋　鞘当
◎ 三角戀愛　恋の鞘当、三角関係
◎ 相親相愛　相思相愛
◎ 死灰復燃　やけぼっくい
◎ 死皮賴臉　図太い
◎ 風雨無阻　雨天決行
◎ 雨天順延　雨天順延
◎ 有備無患　備えあれば憂いなし
◎ 改過自新　改過自新
◎ 光明正大　ガラス張り
◎ 解衣推食　解衣推食（厚待他人）
◎ 改弦更張　改弦易轍
◎ 開卷有益　開巻有益
◎ 蓋棺論定　蓋棺事定
◎ 開源節流　開源節流
◎ 回光返照　回光返照
◎ 坐直昇機（升遷）　スピード出世
◎ 坐享其成　上げ膳据え膳
◎ 坐以待斃　座して死を待つ

◎ 老店新開　　老舗(しにせ)の新装開店(しんそうかいてん)

◎ 倚老賣老　　年寄(としよ)り風(かぜ)を吹(ふ)かす

◎ 老氣橫秋　　年寄(としよ)りくさい

◎ 老奸巨猾　　山千海千(やませんうみせん)

◎ 外強中乾　　見掛(みか)け倒(だお)し

◎ 善心人士　　篤志家(とくしか)

◎ 貪小便宜　　ちゃっかり

◎ 戴高帽子（奉承話）　　煽(おだ)て

例 愛戴高帽子。

煽(おだ)てに乗(の)りやすい。

◎ 深藏不露　　能(のう)ある鷹(たか)は爪(つめ)を隠(かく)す

◎ 惱羞成怒　　居直(いなお)り、逆切(ぎゃくぎ)れ

◎ 愛管閒事　　余計(よけい)なお世話(せわ)

◎ 忍氣吞聲　　泣(な)き寝入(ねい)り

◎ 茶壺風暴　　急須内(きゅうすない)の嵐(あらし)

◎ 開門見山　　ずばり言(い)う

◎ 徒勞無功　　骨折(ほねお)り損(ぞん)のくたびれもうけ

◎ 狗急跳牆　　窮鼠(きゅうそ)猫(ねこ)を噛(か)む

◎ 害群之馬　　獅子身中(ししんちゅう)の虫(むし)

◎ 殺雞儆猴　　一罰百戒(いちばつひゃっかい)

◎ 對牛彈琴　　馬(うま)の耳(みみ)に念仏(ねんぶつ)

◎ 塞翁失馬　　塞翁(さいおう)が馬(うま)

◎ 龍馬精神　　元気旺盛(げんきおうせい)な精神(せいしん)

◎ 虎頭蛇尾　　尻(しり)すぼみ、龍頭蛇尾(りゅうとうだび)

◎ 旁觀者清　　岡目八目(おかめはちもく)

◎ 憑空捏造　　でっち上(あ)げ

◎ 喧賓奪主　　ひさしを貸(か)して母屋(おもや)を取(と)られる

◎ 拼搏精神　　ハングリー精神(せいしん)

◎ 美中不足　　玉(たま)に瑕(きず)

◎ 面有難色　　苦虫(にがむし)を噛(か)み潰(つぶ)す

◎ 相貌堂堂　　押(お)し出(だ)しが立派(りっぱ)だ

◎ 利慾薰心　　欲(よく)に目(め)が絡(から)む

◎ 聽天由命　　運(うん)を天(てん)に任(まか)せる

◎ 信口開河　　太平楽(たいへいらく)

◎ 充耳不聞　　聞(き)き捨(ず)て

例 不能當耳邊風。

聞(き)き捨(ず)てにならない。

◎ 佯裝不知　　白(しら)を切(き)る

◎ 東拼西湊　　継(つ)ぎはぎだらけ

例 東拼西湊地湊成一篇報告。

あちこちから継(つ)ぎはぎだらけしてレポートをでっち上(あ)げる。

◎ 回到原點　　振(ふ)り出(だ)しに戻(もど)る

◎ 剛愎自用　　頑固(がんこ)で独(ひと)りよがり

◎ 年輕氣盛　　若気(わかげ)の気負(きお)い

◎ 穩如泰山　　大船(おおぶね)に乗(の)ったよう

◎ 嬌生慣養　　乳母日傘(うばひがさ)

◎ 御用學者	お抱え学者
◎ 金錢萬能	金はオールマイティー
◎ 說風涼話	岡評議
◎ 海誓山盟	偕老同穴の契り
◎ 飲水思源	水を飲む時には、その源を思え
◎ 光說不練	お題目を唱える（口先だけ）
◎ 啞口無言	ぎゃふんとなる
◎ 屏雀中選	白羽の立つ
◎ 衆矢之的	矢面に立たされる
◎ 弄假成真	うそから出たまこと
◎ 得意門生	秘蔵の弟子
◎ 職業婦女	ワーキングマザー
◎ 事後諸葛	後知恵
◎ 養精蓄銳	英気を養う
◎ 見縫插針	つけ入り隙を与える
◎ 語帶保留	含みを残す発言
◎ 越燒越旺	焼け太り
◎ 硬充好漢	引かれ者の小唄
◎ 孤掌難鳴	一文銭は鳴らぬ
◎ 冷嘲熱諷	シニカルな言い方
◎ 墨守成規	杓子定規
◎ 民風純樸	純風美俗
◎ 新春團拜	新春互礼会

◎ 甩尾停車　　ドリフト駐車

◎ 時來運轉　　つきが回ってくる

◎ 期待落空　　肩透かしを食う

◎ 緊要關頭　　正念場

◎ 自尋煩惱　　取り越し苦労

◎ 亂發脾氣　　当り散らす、八つ当たり

◎ 氣憤難平　　憤懣やるかたない

◎ 笨手笨腳　　とろい、のろま

◎ 臭味相投　　臭いものに蠅たかる

◎ 洋里洋氣　　バタ臭い

◎ 高高在上　　あぐらをかく

◎ 嫁入豪門　　玉の輿に乗る

◎ 說場面話　　場当たりを言う

◎ 唱獨腳戲　　一人芝居をやる

◎ 地緣關係　　土地勘

例 犯人對犯罪現場有非常密切的地緣關係。

犯人が犯罪現場に対して詳しい土地勘があると見られている。

◎ 繁文縟節　　繁文じゅく礼

◎ 廢寢忘食　　寝食を忘れる

◎ 暴殄天物　　宝の持ち腐れ

◎ 得寸進尺　　おんぶに抱っこ

◎ 進退兩難　　立ち往生

◎ 夾心餅乾　　板ばさみ

◎ 片體鱗傷	満身創痍（まんしんそうい）
◎ 官商勾結	政経癒着（せいけいゆちゃく）
◎ 猶豫不決	遅疑逡巡（ちぎしゅんじゅん）
◎ 神魂顛倒	うつつを抜（ぬ）かす
◎ 逢場做戲	かりそめの恋（こい）
◎ 不解風情	無粋（ぶすい）
◎ 黃昏之戀	たそがれの恋（こい）
◎ 漏洞百出	抜（ぬ）け道（みち）だらけ
◎ 豈有此理	もってのほか、けしからん
◎ 覆水難收	覆水盆（ふくすいぼん）に帰（かえ）らず
◎ 譁衆取寵	ポピュリズム、大衆迎合（たいしゅうげいごう）
◎ 草菅人命	人命（じんめい）を虫（むし）けら同然（どうぜん）に扱（あつか）う
◎ 邊際效用	限界効用（げんかいこうよう）
◎ 票房收入	興行収入（こうぎょうしゅうにゅう）
◎ 虧損累累	赤字（あかじ）まみれ
◎ 高抬貴手	お目（め）こぼしをお願（ねが）いします
◎ 手下留情	お手柔（てやわ）らかにお願（ねが）いします
◎ 陳腔濫調	ステレオタイプ
◎ 指桑罵槐	当（あ）て付（づ）けがましい
◎ 落荒而逃	雪崩（なだれ）を打（う）って逃（に）げる
◎ 烏合之衆	寄（よ）り合（あ）い所帯（しょたい）
◎ 團隊精神	チームワーク
◎ 苦學出身	苦学力行型（くがくりっこうかた）

◎ 溫故知新　　温故知新（おんこちしん）

◎ 先斬後奏　　事後承諾（じごしょうだく）

◎ 過猶不及　　過ぎたるはなお及ばざるが如し（す／およ／ごと）

◎ 營養學分　　楽勝科目（らくしょうかもく）

◎ 腦力激盪　　ブレーン・ストーミング

◎ 勒緊褲帶　　緊褌一番（きんこんいちばん）

◎ 前車之鑑　　前車の轍を踏む（ぜんしゃ／てつ／ふ）

◎ 重蹈覆轍　　二の舞を踏む（に／まい／ふ）

◎ 賞罰分明　　信賞必罰（しんしょうひつばつ）

◎ 苦盡甘來　　苦しい段階が過ぎて楽になってくる（くる／だんかい／す／らく）

◎ 冥頑不靈　　頑迷不霊（がんめいふれい）

◎ 連根拔起　　根こそぎ倒れ（ね／たお）

◎ 頑石點頭　　精神のない石までも感動する（せいしん／いし／かんどう）

◎ 考前猜題　　山を当てる（山勘）（やま／あ／やまかん）

◎ 侵吞公款　　公金横領（こうきんおうりょう）

◎ 避重就輕　　開き直り（ひら／なお）

◎ 疊床架屋　　屋上屋を架す（おくじょうおく／か）

◎ 脫胎換骨　　魂を入れ替える（たましい／い／か）

◎ 濃妝豔抹　　ごてごてと化粧する（けしょう）

◎ 陽奉陰違　　面従腹背（めんじゅうふくはい）

◎ 韜光養誨　　能力を隠し、実力を蓄える（のうりょく／かく／じつりょく／たくわ）

◎ 普渡衆生　　衆生済度（しゅじょうさいど）

【中文】	【日文】
◎ 以歷史為鏡	歴史を鏡とする
◎ 被擺了一道	やられた
◎ 打如意算盤	お手盛り運用
◎ 走進死胡同	袋小路に陥る
◎ 四兩撥千金	のらりくらりで逃げ切ってしまった
◎ 自掃門前雪	頭の上のハエを追え
◎ 無風不起浪	火のない所は煙が立たぬ
◎ 木馬屠城記	トロイの木馬
◎ 助一臂之力	一肌を脱ぐ
◎ 患難見真情	まさかのときの友は真の友
◎ 路遙知馬力	馬には乗ってみよ
◎ 人老不中用	たがが緩む
◎ 好心沒好報	よかれと思ってやったことが裏目に出た
◎ 十八層地獄	奈落の底
◎ 校長兼撞鐘	自家発電
◎ 防範於未然	反発を未然に防ぐ
◎ 滾石不生苔	転石、こけを生ぜず
◎ 長的很安全	ぶさいく（ブス）
◎ 欲速則不達	急がば回れ
◎ 政治不沾鍋	政治的きれい好き

例 台北市長馬英九向有政治不沾鍋的封號。

台北市長の馬英九氏は政治的きれい好きと言われている。

◎ 大隻雞慢啼（台）　遅咲き

例 他克服四十五歲才初次當選之障礙，終於嶄露頭角。

45歳で初当選という遅咲きハンディを克服し頭角を現した。

◎ 絕不能饒你　ただでは置かない

◎ 一不做二不休　毒を食らわば皿まで

◎ 山不轉，路轉　山と山は会わない、人と人は会う

◎ 雷聲大雨點小　掛け声倒れ

◎ 危機就是轉機　ピンチをチャンスに変える

◎ 親兄弟明算帳　ビジネスは親も子もない

◎ 調虎離山之計　おびき出しの計

◎ 同生死共患難　一蓮托生

◎ 初生之犢不畏虎　目蔵蛇に怖じず

◎ 不戰而屈人之兵　戦わずして勝

◎ 賠了夫人又折兵　盗人に追い銭

◎ 一樣米養百樣人　人様々

◎ 大而化之的性格　荒削りな性格

◎ 不到黃河心不死　土壇場に行かねばあきらめがつかぬ

◎ 說曹操曹操就到　うわさをすれば影が差す

◎ 眼睛是靈魂之窗　目は心の窓

◎ 有緣千里來相會　縁で結ばれ、千里を越えて

◎ 打開天窗說亮話　ざっくばらんに話す

◎ 英雄無用武之地　陸に上がった河童

◎ 聰明反被聰明誤　策士、策におぼれる

◎ 解鈴還需繫鈴人　鈴を付けた人がその鈴を解いてほしい

◎ 條條大路通羅馬　すべての道はローマに通ず

◎ 打破沙鍋問到底　根掘り葉掘り聞かれる

◎ 德不孤，必有鄰　徳は孤ならず、必ず隣あり

◎ 相逢一笑泯恩仇　会って笑い合えば恩讐は消える

◎ 三百六十度大轉彎　どんでん返し

◎ 早起的鳥兒有蟲吃　早起きは三文の徳

◎ 不經一事，不長一智　一度つまずけばそれだけ利口になる

（雁も鳩も食わねば味知れぬ）

◎ 老子天不怕地不怕　矢でも鉄砲でも持ってこい

◎ 天下無不散的筵席　会者定離

◎ 巧婦難為無米之炊　ない袖は振れぬ

◎ 多一事不如少一事　触らぬ神にたたりなし

◎ 泥菩薩過江，自身難保

土で作られた菩薩様は川を渡る時、衆生どころかわが身さえ救えない

◎ 近者悅，遠者來　近きもの悦べば、遠きもの来たる

◎ 人溺己溺，人飢己飢　人の苦しみをわが身のように

◎ 己所不欲，勿施於人　己の欲せざるところは人に施すなかれ

◎ 不在其位，不謀其政

その職務上の地位にいなければ、その職務に口出ししてはならない

◎ 人無遠慮，必有近憂

人は先の先まで見越して考えておかないと、必ず目の届くところに問題がおきてくるものだ

◎ **三人行，必有我師焉**

三人で連れ立っていけば、必ず自分の師となる人がいるものだ

◎ **智者樂水，仁者樂山**　知者は水を愛し、仁者は山を愛す

◎ **海內存知己，天涯若比鄰**

内外に親友がいれば、世界も隣人となります

◎ **工欲善其事，必先利其器**

職人がよい仕事をしようと思えば、まずその道具を磨くのが大切である

◎ **民可使由之，不可使知之**

民には由らしむべし、知らしむべからず

◎ **睜一隻眼，閉一隻眼**　大目に見る

◎ **百里不同風，千里不同俗**　所変れば品変る

◎ **有朋自遠方來，不亦樂乎**　友あり遠方より来る、また楽しからずや

◎ **見賢思齊焉，見不賢而內自省**

優れた人物を見ては自分もそうなりたいと思い、つまらない人物を見ては自らの反省材料とすることだ

◎ **智者不惑，仁者不憂，勇者不懼**

知者は惑わず、仁者は憂えず、勇者は懼れず

◎ **吾十有五而志於學，三十而立，四十而不惑，五十而知天命，六十而耳順，七十而從心所欲，不踰矩**

吾十五にして学に志す。三十にして立つ。四十にして惑わず。五十にして天命を知る。六十にして耳従う。七十にして心の欲する所に従って、矩を越えず

【單字補給站】
単語補給ステーション

第十一篇

常見俚語、俗語用語篇

【中文】	【日文】
◎ 靠攏（貼近）	擦(す)り寄(よ)り
◎ 死角	デッドゾーン
◎ 拉風	ナウい
◎ 拉攏	囲(かこ)い込(こ)み
◎ 上癮	病(や)み付(つ)きになる

例 台灣的路邊攤會讓人吃上癮。

台湾(たいわん)の屋台料理(やたいりょうり)はやみつきになるよ。

◎ 怪枷	曲者(くせもの)、変(か)わってるやつ
◎ 奧客	モンスター客きゃく
◎ 渣男	最低(さいてい)、くず男(おとこ)
◎ 抓姦	浮気調査(うわきちょうさ)
◎ 小三	第三者(だいさんしゃ)、浮気相手(うわきあいて)、不倫相手(ふりんあいて)

◎ 外遇　　不倫、浮気

◎ 小老婆　　二号さん

◎ 徵信社　　興信所

◎ 觀望　　様子見

◎ 死穴　　アキレス腱

例 「小澤支配」、「雙重權力」結構是日本新政府上台後最大的死穴。

「小沢支配」、「二重権力」は日本新政権発足後の最大なアキレス腱だ。

◎ 觀望　　様子見

◎ 笨蛋　　のろま、ばか、阿呆

◎ 威嚴　　貫禄

◎ 眼尖　　目ざとい

例 知名歌手在機場被眼尖的歌迷認出來。

有名な歌手は空港で目ざといファンによって気づかれた。

◎ 心腹　　側近

◎ 灰心　　落胆する、がっかりする

◎ ㄍㄧㄥ　　意地っ張り

◎ 正夯　　ホット話題（ヒット商品）

◎ 硬拗　　無理押し

◎ 遮醜　　臭いものには蓋をする

◎ 蠻幹、鴨霸　　ごり押し

◎ 打壓　　締め付け

◎ 大方　　気風

例 她很大方。

彼女(かのじょ)は気風(きっぷ)がいい。

◎ 連累（牽連）　とばっちり

例 被捲進打架而受傷。

喧嘩(けんか)のとばっちりを食(く)って怪我(けが)をした。

◎ 調情　いちゃいちゃする

◎ 肉麻　おぞましい、きもい

◎ 挖苦　皮肉(ひにく)、腐(くさ)す

◎ 虛胖　水太(みずふと)り

◎ 做秀　パフォーマンスする

◎ 宣傳　プロモーション、PR

◎ 廣告效果　ポスターバリュー

◎ 黏人　人懐(ひとなつ)こい

◎ 跟班　腰巾着(こしぎんちゃく)

例 他充其量只不過是一個跟班的而已。

彼(かれ)はせいぜい腰巾着(こしぎんちゃく)に過(す)ぎない。

◎ 跟屁蟲　金魚(きんぎょ)の糞(ふん)

◎ 任性　わがまま

◎ 冷笑（嘲笑）　せせら笑(わら)う（あざら笑(わら)う）

◎ 陪笑　もらい笑(わら)い（愛想笑(あいそわら)い）

◎ 見笑（現醜）　恥(は)じらいを見(み)せる

◎ 奸笑　せらせら笑(わら)う

◎ 嘻笑　ニコニコ笑(わら)う

◎ 嘎嘎笑　からからと笑(わら)う

◎ 笑面虎　曲者(くせもの)のから笑(わら)い

◎ 哄堂大笑　どっと笑(わら)う

◎ 捧腹大笑　抱腹絶倒(ほうふくぜっとう)する、腹(はら)を抱(かか)えて笑(わら)う

◎ 嗤嗤地笑　くすくすと笑(わら)う

◎ 格格地笑　げらげらと笑(わら)う

◎ 陪哭　もらい泣(な)き

◎ 抽泣　すすり泣(な)き

◎ 嚎啕大哭　わあわあと泣(な)く

◎ 黑函　密告書(みっこくしょ)

◎ 捏造　でっちあげ、捏造(ねつぞう)

◎ 裝蒜　白(しら)を切(き)る、とぼける

◎ 貓膩　隠(かく)し事(ごと)、悪巧(わるだく)み、何(なに)か裏(うら)がある

◎ 施壓（說項）　働(はたら)きかける

◎ 臭老（台語）　ふけ顔(がお)

◎ 放話　言(い)い放(はな)つ

◎ 流言　噂(うわさ)

例 流言像真的一般流傳。

噂(うわさ)がまことしやかに流(なが)れている。

◎ 謠言　デマ

◎ 噓聲　ブーイング

◎ 邪教　カルト教団(きょうだん)

◎ 雞婆　世話(せわ)好(ず)き

◎ 好管閒事　余計(よけい)なお世話(せわ)

◎ 龜毛（拗、牛脾氣）　つむじ曲(ま)がり

◎ 找碴　言(い)いがかりをつける、いちゃもんをつける

◎ 彆扭、乖僻　へそ曲(ま)がり

◎ 難搞（機車）　マジ面倒(めんどう)くさい

◎ 白目　空気(くうき)読(よ)めない

◎ 摃龜（台語）　はずれ

◎ 觸礁　暗礁(あんしょう)に乗(の)り上(あ)げる（座礁(ざしょう)）

◎ 送禮　付(つ)け届(とど)け

◎ 血拼　買(か)い物(もの)、ショッピング

◎ 爆買　爆買(ばくが)い

◎ 騷包　目立(めだ)ちたがり屋(や)

◎ 悶騷　むっつりスケベ

◎ 愛現　でしゃばり

◎ 風騷　じゃらじゃらする

◎ 性感　セクシー、性的魅力(せいてきみりょく)

◎ 波霸　ボイン、巨乳(きょにゅう)

◎ 平胸　貧乳(ひんにゅう)

◎ 事業線　胸(むね)の谷間(たにま)

例 演藝圈掀起一股露事業線的風潮。

芸能界(げいのうかい)では胸(むね)の谷間(たにま)を露出(ろしゅつ)することを競(きそ)っているブームとなった。

◎ 賴帳	踏(ふ)み倒(たお)し
◎ 賒帳	つけにする、つけがきく
◎ 鬧劇	茶番(ちゃばん)
◎ 瞎鬧（胡鬧）	バカ騒(さわ)ぎ
◎ 僥倖	零(こぼ)れ幸(さいわ)い、射幸心(しゃこうしん)
◎ 斟酌	さじ加減(かげん)、手加減(てかげん)
◎ 凱子	スポンサー
◎ 饞鬼	食(く)いしん坊(ぼう)
◎ 窮鬼	貧乏神(びんぼうがみ)
◎ 倒楣	貧乏(びんぼう)くじ
◎ 搪塞（敷衍）	ごまかす、お茶(ちゃ)を濁(にご)す
◎ 吃虧	損(そん)する
◎ 錢母 （向神明借錢隔年奉還）	福銭貸(ふくせんが)し
◎ A錢	横領(おうりょう)
◎ 撈錢	荒稼(あらかせ)ぎ
◎ 納悶	腑(ふ)に落(お)ちない
◎ 炫耀	見(み)せびらかす、ひけらかす
◎ 噱頭	ギャグ

◎ 打岔　　はぐらかす

◎ 門路（後門）　　伝手(つて)（コネ）

例 尋找入會的門路。

入会(にゅうかい)の伝手(つて)を求(もと)める。

◎ 黃牛　　ダフ屋(や)（空約束(からやくそく)）

例 找黃牛買電影票。

ダフ屋(や)から映画(えいが)の切符(きっぷ)を買(か)う。

◎ 乳牛　　ホルスタイン

◎ 流年　　回(まわ)り年(どし)

◎ 嗆聲　　かかってこい

◎ 吐嘈　　突(つ)っ込(こ)み

◎ 吹噓（吹牛）　　吹聴(ふいちょう)する

◎ 踢館　　道場破(どうじょうやぶ)りに来(く)る（いやがらせ）

◎ 套招　　口裏(くちうら)あわせ

◎ 俗氣　　やぼくさい

◎ 背書（掛保證）　　お墨付(すみつ)きを与(あた)える

◎ 嫁禍　　なすりつける

◎ 抄襲　　パクる

◎ 白食　　食(く)い逃(に)げ

◎ 外燴　　出張料理(しゅっちょうりょうり)

◎ 回扣	リベート
◎ 奸商	悪徳商人
◎ 瓶頸	ネック
◎ 外帶	テイクアウト、持ち帰り
◎ 撿屍	持ち帰り乱暴
◎ 撿到槍（俗稱）	追い風になる
◎ 跳槽	転職する
◎ 打撈	引き上げ
◎ 瞎扯	駄弁る

例 瞎扯了老半天，沒講到正經事。

長いこと駄弁ってまともな話もしなかった。

◎ 尷尬	決まりが悪い
◎ 墮落	ぐれる
◎ 教唆（指使）	差し金

例 是誰指使你這麼做的？

誰の差し金でこんなことをしたのか。

◎ 沾光	おこぼれに預かる
◎ 色狼	スケベ、痴漢
◎ 色老頭	エロセクハラおやじ
◎ 校花	ミス・キャンパス
◎ 辣妹	ギャル

◎ 辣媽　ギャルママ

◎ 粉絲　ファン

◎ 帥哥　イケ面(めん)

◎ 俊俏　いなせ

例 打扮俊俏神氣的小伙子。

いなせな若衆(わかしゅう)。

◎ 搶手　引(ひ)く手(て)あまた

◎ 雛妓　少女売春(しょうじょばいしゅん)

◎ 小太妹　ヤンキー

◎ 109辣妹　野蛮場(やばんば)ギャル、顔黒(がんぐろ)ギャル

◎ 性感美女　グラマーガール

◎ 都會女子　シティーガール

◎ 師奶殺手　おばさんキラー

例 韓國明星裴勇俊號稱師奶殺手。

韓国俳優(かんこくはいゆう)裴勇俊(ペヨンジュン)はおばさんキラーと言(い)われている。

◎ 中年男子殺手　おじさんキラー

◎ 假聲　裏声(うらごえ)

◎ 強人　ストロングマン

例 蔣經國總統過去被稱為台灣的政治強人。

蒋経国元総統(しょうけいこくもとそうとう)はかつて台湾(たいわん)の政治的(せいじてき)ストロングマンであるといわれている。

◎ 線民　　インフォーマント、内通者

◎ 抓耙仔　　密告者

例 民進黨總統候選人謝長廷，被週刊爆料曾當過調查局的抓耙仔。

民進党の総統公認候補者謝長廷氏が週刊誌にかつて調査局の密告者になったことがあるといわれている。

◎ 吹哨者　　内部告発者

◎ 污點證人　　司法取引に応じる

◎ 偷吃步（台）　　汚い勝ち方する

例 韓國隊比賽最喜歡耍陰招，偷吃步。

韓国チームは試合の時、いつも汚い勝ち方をする。

◎ 美人魚　　マーメイド

◎ 愛打扮　　おめかし

例 我姊姊超愛打扮的。

姉がおめかしするのが大好き。

◎ 吃得開　　もてる、顔が広い

◎ 啃老族　　パラサイト・シングル

◎ 木頭人　　でくの坊

例 那傢伙活像個木頭人。

あいつは全くのでくの坊だ。

◎ 無厘頭　　ナンセンス

◎ 窩囊廢（沒出息）　　不甲斐ない

◎ 貧民窟　　スラム街

◎ 愛心傘　　置き傘

◎ 共撐一把傘　　相合傘

◎ 遮陽傘　　日よけ傘

◎ 洋傘　　パラソル

◎ 幫倒忙　　フォローが裏目に出た、ありがたい迷惑

◎ 同理心　　共感能力

◎ 潛規則　　不文律、暗黙のルール

◎ 夏令營　　林間学校

◎ 牆頭草　　風見鶏、日和見主義

◎ 小氣鬼　　けちん坊、けち臭い、どけち

◎ 鬼壓床　　金縛り

◎ 鬼附身　　憑依

◎ 逞威風　　武張る

例 喜歡逞威風。

武張ったことが大好き。

◎ 少奶奶　　プチマダム

◎ 吃豆腐　　エッチする

◎ 仙人跳　　美人局

◎ 敲竹槓　　ぼる

例 被那個商人狠很敲了一筆竹槓。

あの商人にひどくぼられた。

◎ 拖下水	引きずり込む
◎ 救生員	ライフセーバー
◎ 追星族	ストーカー、グルーピー
◎ 快閃族	フレッシュマップ
◎ 斜槓族	スラッシュ
◎ 火藥味	きな臭い
◎ 跳火坑	火中の栗を拾う
◎ 馬後炮	後の祭り
◎ 連珠炮	矢継ぎ早

例 連珠炮式地連番質問。

矢継ぎ早に質問を浴びせかける。

◎ 電燈泡	お邪魔虫
◎ 看門狗	番犬、ウォッチドッグ
◎ 領頭羊	先導走者、トップランナー
◎ 走著瞧	覚えてろ
◎ 封口令	緘口令を敷いた
◎ 少根筋	間抜け
◎ 二房東	差配

◎ 老番顛	焼きが回る、老いこぼれ
◎ 死心眼	バカの一つ覚え
◎ 死腦筋（食古不化）	石部金吉
◎ 拍馬屁	ゴマすり
◎ 灌迷湯	褒め殺し
◎ 發酒瘋	乱痴気騒ぎ
◎ 打官腔	役人ぶる
◎ 挑毛病	揚げ足を取る
◎ 書呆子	学者バカ
◎ 搶頭功	抜け駆けの功名
◎ 包打聽	地獄耳
◎ 惡作劇	いたずら
◎ 會錯意	早とちり
◎ 起歹念	出来心を起こす
◎ 變態狂	サディスト
◎ 紙片人	薄い紙切れモデル
◎ 裝可愛	ぶりっ子
◎ 虎媽	タイガーマザー
◎ 母老虎	山ノ神
◎ 紙老虎	張子の虎

◎ 鬼剃頭	虎刈り
◎ 虎頭蜂	スズメバチ
◎ 美洲虎	ジャガー
◎ 虎河豚	トラフグ
◎ 捋虎鬚	トラの尾を踏む
◎ 虎牙	八重歯
◎ 壁虎	ヤモリ
◎ 秘笈	虎の巻
◎ 跳跳虎	ティガー
◎ 虎克船長	フック船長
◎ 虎皮蛋糕	虎模様のロールケーキ
◎ 羊入虎口	羊が虎口に入る
◎ 狐假虎威	虎の威を借る狐
◎ 如虎添翼	鬼に金棒
◎ 龍爭虎鬥	虎てき竜拿
◎ 狼吞虎嚥	むしゃむしゃと食べる
◎ 虎口餘生	九死に一生を得る、九死一生
◎ 虎口拔牙	非常に危険な冒険の例え
◎ 虎虎生風	勇ましく活気に溢れている
◎ 騎虎難下	乗りかかった船、引くに引けない

◎ 虎頭蛇尾	竜頭蛇尾(りゅうとうだび)、 はじめは盛(さか)んで終(お)わりが振(ふ)るわないこと
◎ 馬馬虎虎	いい加減(かげん)である、ぞんざいである
◎ 虎背熊腰	魁偉(かいい)である、非常(ひじょう)に屈強(くっきょう)である
◎ 老虎伍茲	タイガーウッズ
◎ 虎克定律	フックの法則(ほうそく)
◎ 隔山觀虎鬥	高(たか)みの見物(けんぶつ)
◎ 虎標萬金油	タイガーバーム
◎ 吃角子老虎	スロットマシン
◎ 老虎跳火圈	虎(とら)の火(ひ)の輪(わ)くぐり
◎ 畫虎不成反類犬	画虎類狗(がこるいく)、鵜(う)のまねをするカラス
◎ 虎落平陽被犬欺	陸(おか)に上(あ)がった河童(かっぱ)
◎ 虎死留皮，人死留名	虎(とら)は死(し)して皮(かわ)をとどめ、人(ひと)は死(し)して名(な)を残(のこ)す
◎ 前門拒虎，後門進狼	前門(ぜんもん)の虎(とら)、後門(こうもん)の狼(おおかみ)
◎ 山中無老虎猴子稱大王	鬼(おに)のいぬまの洗濯(せんたく)
◎ 小卒有時也會變英雄時	ときに会(あ)えば鼠(ねずみ)も虎(とら)になる
◎ 姊弟配	姉(あね)さん女房(にょうぼう)
◎ 擺架子	かっこう付(つ)ける
◎ 搖錢樹	ドル箱(ばこ)、金(かね)づるの木(き)
◎ 暴發戶	成金(なりきん)

◎ 飆車族　　暴走族（ぼうそうぞく）

◎ 發燒友　　マニア

例　電動遊樂器發燒友。

ゲームマニア。

◎ 大嘴巴　　おしゃべり

◎ 讀稿機　　プロンプター

◎ 放鴿子　　すっぽかす

◎ 劣根性　　さもしい根性（こんじょう）

◎ 背黑鍋　　濡（ぬ）れ衣（ぎぬ）を着（き）せる

◎ 講排場　　派手好（はでごの）み

◎ 睡通舖　　雑魚寝（ざこね）

◎ 老姑婆　　行（ゆ）き遅（おく）れ

◎ 旗艦店　　旗艦店（きかんてん）

◎ 發牢騷　　愚痴（ぐち）をこぼす

◎ 軟腳蝦　　ダメなやつ

◎ 棉花糖　　綿菓子（わたがし）

◎ 耍花招　　手練手管（てれんてくだ）を使う

◎ 掃把星　　ほおずきっ子（こ）

◎ 甕中鱉　　袋（ふくろ）のネズミ

◎ 保護費　　しょば代（だい）

◎ 扮黑臉	憎(にく)まれ役(やく)
◎ 唱反調	山(やま)と言(い)えば川(かわ)
◎ 風向球	観測気球(かんそくききゅう)をあげる
◎ 踢皮球	盥回(たらいまわ)し
◎ 自戀狂	ナルシスト、ナルちゃん
◎ 阿拉弗	アラフォー
◎ 婚友社	結婚紹介所(けっこんしょうかいじょ)
◎ 無力感	脱力感(だつりょくかん)
◎ 柑仔店（雜貨店）	よろずや
◎ 午夜場	夜更(よふ)かし映画(えいが)
◎ 行方便	手心(てごころ)を加(くわ)える
◎ 炒地皮	地上(じあ)げ屋(や)
◎ 蚊子館	ハコモノ
◎ 八字輕	霊感(れいかん)が強(つよ)い
◎ 天體營	ヌーディストコロニー
◎ 安慰獎	残念賞(ざんねんしょう)
◎ 補破網	継(つ)ぎはぎだらけ
◎ 學不乖	懲(こ)りない人(ひと)
◎ 受拖累	側杖(そばづえ)を食(く)う
◎ 坐不住	もぞもぞする

例 小孩子聽膩了坐不住。

子供(こども)が話(はな)しに飽(あ)きてもぞもぞしている。

◎ 搭便車　ただ乗(の)り、ヒッチハイク

◎ 糾察隊　ピケット

◎ 髮夾彎　ヘアピンカーブ

◎ 冷處理　そっけない処理(しょり)

◎ 主談人　首席交渉官(しゅせきこうしょうかん)

◎ 開箱照　開封(かいふう)の写真(しゃしん)

◎ 開箱文　開封(かいふう)の感想(かんそう)、開封(かいふう)レビュー

◎ 真人開箱　テトリスチャレンジー

◎ 開箱儀式　開封(かいふう)の儀(ぎ)

【中文】	【日文】
◎ 跟蹤騷擾	ストーキング、ストーカー
◎ 跟蹤騷擾行為	ストーカー行為(こうい)
◎ 反跟蹤騷擾	ノンストーキング
◎ 報復式色情	リベンジポルノ
◎ 保護令	保護命令(ほごめいれい)
◎ 家暴防制法	DV防止法(ぼうしほう)
◎ 桃色陷阱	ハニートラップ
◎ 糾纏不清	付(つ)き纏(まと)い

◎ 二次傷害　　フラッシュバック

例 受事件的二次傷害所苦。

事件のフラッシュバックに苦しむ

◎ 已讀不回　　既読無視

◎ 交友軟體　　マッチングアプリ

◎ 諾亞方舟　　ノアの箱舟

◎ 見死不救　　見殺し

◎ 爭風吃醋　　痴話喧嘩

◎ 立即見效　　効果覿面

◎ 科學根據　　エビデンス

例 日本一直要求臺灣應依據科學根據解除對福島等五縣食品的管制。

日本はずっと台湾にエビデンスに基づいて福島等五県産食品の規制緩和を求めている。

◎ 放過一馬　　命乞い

◎ 八卦網站　　ゴシップサイト

◎ 整人節目　　ドッキリ番組

◎ 生性節儉　　みみっちい根性

◎ 自我解嘲　　照れ隠し

例 這只不過是自我解嘲而已。

これはただの照れ隠しに過ぎない。

◎ 認知偏差　　認知バイアス

◎ 愛出風頭　　しゃしゃり出る、でしゃばり

◎ 全盤托出　　洗いざらいぶちまける

◎ 主場優勢　ホームアドバンテージ

◎ 夢幻團隊　ドリームチーム

◎ 霹靂小組　特殊部隊（とくしゅぶたい）

◎ 黑心商品　欠陥商品（けっかんしょうひん）

◎ 黑心工廠　悪徳工場（あくとくこうじょう）

◎ 血汗工廠　ブラック企業（きぎょう）、ブラック会社（がいしゃ）

◎ 單身聯誼　婚活（こんかつ）

◎ 同父異母　腹違い（はらちが）

◎ 奶油小生（小鮮肉）　乙男（おとめん）

◎ 土生土長　地付き（じつ）、生粋（きっすい）

◎ 外貿協會　面食い（めんく）

例 林小姐擇偶的條件是要對方長的帥，是百分之百的外貿協會。

林（はやし）さんの結婚条件（けっこんじょうけん）は相手（あいて）がイケ面（めん）でなければならず、正真正銘（しょうしんしょうめい）の面食い（めんく）だ。

◎ 充氣娃娃　空気人形（くうきにんぎょう）

◎ 青梅竹馬　幼馴染み（おさななじ）

◎ 牛頭馬面　牛頭馬頭（ごずめず）

◎ 狐群狗黨　愚連隊（ぐれんたい）

◎ 酒肉朋友　道楽友達（どうらくともだち）

◎ 俗不可耐　鼻持ちならない（はなも）

◎ 中上階級　アッパーミドル

◎ 高級國民　上級国民（じょうきゅうこくみん）

◎ 低級國民　低級国民（ていきゅうこくみん）

◎ 傳奇人物　レジェンド

◎ 小康社會　いくらかゆとりのある社会（しゃかい）

◎ 心靈契合　心（こころ）を通（かよ）わせる

◎ 心電感應　テレパシー

◎ 沙盤推演　想定問答（そうていもんどう）を作成（さくせい）

◎ 最壞打算　ワーストシナリオ

◎ 贏者通吃　勝者総取（しょうしゃそうど）り

◎ 捨粥賑災　炊（た）き出（だ）し

◎ 亂發脾氣　当（あた）り散（ち）らす

◎ 腦子有洞（智障）　いかれポンチ

◎ 九泉之下　草葉（くさば）の陰（かげ）

◎ 盜亦有道　盗人（ぬすっと）にも三分（さんぶん）の理（り）

◎ 國王的新衣　裸（はだか）の王様（おうさま）

◎ 置入性行銷　番組（ばんぐみ）コマシャール化（か）

◎ 一條龍（服務）　一気通貫（いっきつうかん）

◎ 博士後研究　ポスドク（ポストドクター）

◎ 起雞皮疙瘩　鳥肌（とりはだ）が立（た）つ

◎ 有奶便是娘
母乳（ぼにゅう）を飲（の）ませてくれるなら、誰（だれ）が母親（ははおや）でもよい

◎ 老鼠見到貓（走投無路）　蛭（ひる）に塩（しお）

◎ 風水輪流轉　禍福（かふく）は糾（あざな）える縄（なわ）の如（ごと）く

◎ 日日是好日　日日是好日（にちにちこれこうじつ）

◎ 沈默的抗議　だんまり戦術（せんじゅつ）

例 妳到底要要到哪天才開口說話呀！

いつまでだんまりを決め込む気だ。

◎ 你是在哈囉？ なんなん、それ？

◎ 都給你講啊！ よくそんなこと言えるね

◎ 是在衝三小！ なんでやねん

◎ 游手好閒的人 極楽トンボ

◎ 不受歡迎的人物 好ましからざる人物

◎ 心直口快的人 気の置けない人

◎ 食古不化的人 石部金吉、融通が利かない人

◎ 消息靈通人士 事情通

◎ 非典型政治人物 型破りの政治家

◎ 乩童桌頭組合（絕配） お神酒どっくりコンビ、名コンビ

◎ 最糟糕的組合 悪いとこ取り、最悪のコンビ

◎ 講話吞吞吐吐 奥歯に物が挟まったような言い方

◎ 依慣例的作法 悪しき前例主義

◎ 貶的一文不值 くそみそに貶す

◎ 真是無奇不有 へんてこりんなことがあるものだ。

◎ 擔心擦槍走火 偶発的な衝突を懸念

◎ 有眼不識泰山 御見それをした

例 好本領，我真是有眼不識泰山。

お見事な腕前、御見それいたしました。

◎ 人不知而不慍 人知らずして慍らず

◎ 傳授看家本領 免許皆伝

◎ 不分青紅皂白　頭ごなしに

◎ 牛頭不對馬嘴　木に竹を接ぐ

◎ 情勢渾沌不明　情勢は一気に波乱含みとなった

◎ 互相推卸責任　なすりつけあう

◎ 做賊的喊捉賊　盗人猛々しい

◎ 不管三七二十一　形振りかまわず

◎ 煮熟的鴨子飛了　食卓に乗っていた力もが飛んでいった

◎ 一開始就碰釘子　出鼻をくじかれた

◎ 玩火會惹火焚身　火遊びは自分自身を燃やすことになる

◎ 星星之火可以燎原　小さな火花も荒野を焼き尽くす

◎ 作球給對方回答　お手盛り質問

◎ 上有政策，下有對策　上に政策あり、下に対策あり

◎ 情人眼裡出西施　あばたもえくぼ

◎ 裝腔作勢嚇唬人　こけおどしをかける

◎ 有錢能使鬼推磨　地獄沙汰も金次第

◎ （電影）首映會　ロードショー

◎ （電影）殺青記者會　クランクアップ会見

◎ 江山易改本性難移　三つ子の魂百まで

◎ 無法設身處地著想　親身に考えていない

◎ 小時了了大未必佳

子供のころには優等生でも、大人になったら箸にも棒にもかからないほどろくでなしに成り下がるということだってある。

◎ 任性不聽話的小孩　駄々っ子

◎ 會吵的孩子有糖吃　ごね得

◎ 希望不要自亂陣腳　ぶれないでほしい

◎ 想不到成為手下敗將　まさかの取りこぼしだ。

◎ 沒有不愁吃穿的家產　左団扇でやっていけるほどの資産はない

◎ 見人說人話，見鬼說鬼話　御座なりを言う

◎ 鬼扯也要有個限度　バカも休み休み言え

◎ 兄弟登山，各自努力　兄弟よ、各自で努力して山を登ろう

◎ 人生不如意之事十常八九　寸善尺魔

◎ 頭痛醫頭腳痛醫腳的政策　場当たり的な政策

◎ 三個臭皮匠勝過一個諸葛亮　三人寄れば文殊の知恵

【網路笑話】インターネットジョーク

東京の喫茶店でアメリカ人が料金を払いながら言った。「コーヒーが9ドル、サンドイッチが10ドル、アイスクリームが12ドル、ピザが14ドル！アメリカじゃ強盗はストッキングを頭にかぶっているのに、日本はちゃんと足に履いている！」

在東京的咖啡店，有位美國人邊付錢邊嘮叨。「一杯咖啡9美元、三明治10美元、冰淇淋12美元、披薩14美元，在美國強盜還會用絲襪套頭行搶，在日本卻好端端的穿在腳上。」

第十二篇

常見人名、地名、機構名稱篇

◎常見國名用語篇◎

【中文】	【日文】
◎ 歐盟	EU
◎ 北韓	北朝鮮（きたちょうせん）
◎ 緬甸	ミャンマー
◎ 寮國	ラオス
◎ 越南	ベトナム
◎ 泰國	タイ
◎ 汶來	ブルネイ
◎ 印尼	インドネシア
◎ 印度	インド
◎ 不丹	ブータン
◎ 蒙古	モンゴル

◎ 諾魯	ナウル
◎ 東加	トンガ王国（おうこく）
◎ 斐濟	フィジー
◎ 帛琉	パラオ
◎ 澳洲	オーストラリア
◎ 伊朗	イラン
◎ 巴林	バーレーン
◎ 埃及	エジプト
◎ 約旦	ヨルダン王国（おうこく）
◎ 葉門	イエメン
◎ 安曼	オマーン
◎ 巴林	バーレーン
◎ 卡達	カタール
◎ 蘇丹	スーダン
◎ 查德	チャド
◎ 多哥	トーゴ
◎ 剛果（共和國）	コンゴ共和国（きょうわこく）
◎ 剛果（民主共和國）	コンゴ民主共和国（みんしゅきょうわこく）
◎ 加彭	ガボン
◎ 中非	中央（ちゅうおう）アフリカ
◎ 加納	ガーナ
◎ 南非	南（みなみ）アフリカ
◎ 肯亞	ケニア

◎ 尼日	ニジェール
◎ 海地	ハイチ
◎ 巴西	ブラジル
◎ 古巴	キューバ
◎ 智利	チリ
◎ 秘魯	ペルー
◎ 車臣	チェチェン
◎ 美國	米国（べいこく）、アメリカ
◎ 英國	イギリス、英国（えいこく）
◎ 法國	フランス
◎ 德國	ドイツ
◎ 教廷	バチカン市国（しこく）
◎ 希臘	ギリシャ
◎ 芬蘭	フィーンランド
◎ 荷蘭	オランダ
◎ 波蘭	ポーランド
◎ 挪威	ノルウェー
◎ 瑞典	スウェーデン
◎ 瑞士	スイス
◎ 丹麥	デンマーク
◎ 冰島	アイスランド
◎ 聯合國	国連（こくれん）
◎ 菲律賓	フィリピン

◎ 新加坡	シンガポール
◎ 土瓦魯	ツバル
◎ 萬那度	バヌアツ
◎ 馬紹爾	マーシャル
◎ 東帝汶	東(ひがし)ティモール
◎ 柬浦寨	カンボジア
◎ 孟加拉	バングラデシュ
◎ 尼泊爾	ネパール
◎ 巴貝多	バルバドス
◎ 紐西蘭	ニュージーランド
◎ 黎巴嫩	レバノン
◎ 土耳其	トルコ
◎ 伊拉克	イラク
◎ 敘利亞	シリア
◎ 科威特	クウェート
◎ 阿富汗	アフガニスタン
◎ 以色列	イスラエル
◎ 巴拿馬	パナマ
◎ 獅子山	シエラレオネ
◎ 馬拉威	マラウイ
◎ 摩洛哥	モロッコ
◎ 辛巴威	ジンバブエ
◎ 尚比亞	ザンビア

◎ 幾内亞	ギニアビサウ
◎ 甘比亞	ガンビア
◎ 利比亞	リビア
◎ 烏干達	ウガンダ
◎ 盧安達	ルワンダ
◎ 蒲隆地	ブルンジ
◎ 克麥隆	カメルーン
◎ 安哥拉	アンゴラ
◎ 賴索托	レソト
◎ 千里達	トリニダードトバゴ
◎ 阿根廷	アルゼンチン
◎ 烏拉圭	ウルグアイ
◎ 厄瓜多	エクアドル
◎ 牙買加	ジャマイカ
◎ 巴拿馬	パナマ
◎ 巴哈馬	バハマ
◎ 巴拉圭	パラグアイ
◎ 貝里斯	ベリーズ
◎ 俄羅斯	ロシア（露（ろ））
◎ 烏克蘭	ウクライナ
◎ 喬治亞	グルジア
◎ 立陶宛	リトアニア
◎ 塔吉干	タジキスタン

◎ 土庫曼	トルクメニスタン
◎ 哈薩克	カザフスタン
◎ 馬其頓	マケドニア
◎ 義大利	イタリア
◎ 匈牙利	ハンガリー
◎ 西班牙	スペイン
◎ 葡萄牙	ポルドガル
◎ 馬爾他	マルタ
◎ 盧森堡	ルクセンブルク大公国（だいこうこく）
◎ 奧地利	オーストリア
◎ 比利時	ベルギー王国（おうこく）
◎ 愛爾蘭	アイルランド
◎ 馬來西亞	マレーシア
◎ 斯里蘭卡	スリランカ
◎ 吉里巴斯	キリバス
◎ 亞塞拜然	アゼルバイジャン
◎ 白俄羅斯	ベラルーシ
◎ 吉爾吉斯	キルギスタン
◎ 烏茲別克	ウズベキスタン
◎ 塞蒲路斯	キプロス
◎ 獨立國協	独立国家共同体（どくりつこっかきょうどうたい）
◎ 斯洛伐克	スロベニア
◎ 波士尼亞	ボスニア

◎ 愛沙尼亞	エストニア共和国
◎ 拉脫維亞	ラトビア共和国
◎ 波羅的海三小國	バルト三国
◎ 羅馬尼亞	ルーマニア
◎ 南斯拉夫	ユーゴスラビア
◎ 玻利維亞	ボリビア
◎ 聖露西亞	セントルシア
◎ 聖碼利諾	サンマリノ
◎ 象牙海岸	コートジボワール
◎ 巴勒斯坦	パレスチナ
◎ 巴基斯坦	パキスタン
◎ 史瓦帝尼	エスワティニ王国
◎ 莫三鼻給	モザンビーク
◎ 塞內加爾	セネガル
◎ 坦尚尼亞	タンザニア
◎ 突尼西亞	チュニジア
◎ 衣索比亞	エチオピア
◎ 索馬利亞	ソマリア
◎ 茅利塔尼亞	モーリタニア
◎ 格瑞那達	グレナダ
◎ 委內瑞拉	ベネズエラ
◎ 哥倫比亞	コロンビア
◎ 多明尼加	ドミニカ

◎ 摩里西斯　　モーリシャス

◎ 瓜地馬拉　　グアテマラ

◎ 宏都拉斯　　ホンジュラス

◎ 薩爾瓦多　　エルサルバドル

◎ 尼加拉瓜　　ニカラグア

◎ 哥斯大黎加　　コスタリカ

◎ 列支敦斯登　　リヒテンシュタイン

◎ 所羅門群島　　ソロモン諸島(しょとう)

◎ 布吉納法索　　ブルキナファソ

◎ 馬達加斯加　　マダガスカル

◎ 阿爾巴尼亞　　アルバニア

◎ 沙烏地阿拉伯　　サウジアラビア

◎ 巴布亞紐幾內亞　　パプアニューギニア

◎ 安地卡及巴布達　　アンティグア・バーブーダ

◎ 聖文森及格瑞那丁　　セントビンセント・グレナディーン

◎ 聖多美普林西比　　サントメプリンシペ

◎ 聖克里斯多福及尼維斯　　セントクリストファー・ネビス

◎常見地名、山川湖泊名稱用語篇◎

【中文】　　【日文】

◎ 澳門　　マカオ

◎ 香港　　ホンコン

◎ 廈門　　アモイ

◎ 西藏	チベット
◎ 曼谷	バンコク
◎ 平壤	ピョンヤン
◎ 首爾	ソウル
◎ 仁川	インチョン
◎ 清邁	チェンマイ
◎ 仰光	ヤンゴン
◎ 檳城	ペナン
◎ 河內	ハノイ
◎ 峴港	ダナン
◎ 泗水	スラバヤ
◎ 棉蘭	メダン
◎ 孟買	ボンベイ
◎ 安曼	アンマン
◎ 吉達	ジェッダ
◎ 麥加	メッカ
◎ 基輔	キエフ
◎ 宿霧	セブ
◎ 丹佛	デンバー
◎ 雪梨	シドニー
◎ 紐約	ニューヨーク
◎ 費城	フィラデルフィア
◎ 柏林	ベルリン

◎ 波昂	ボン
◎ 漢堡	ハンブルク
◎ 里昂	リヨン
◎ 洛桑	ローザンヌ
◎ 羅馬	ローマ
◎ 米蘭	ミラノ
◎ 巴黎	パリ
◎ 馬賽	マルセイユ
◎ 倫敦	ロンドン
◎ 雅典	アテネ
◎ 海牙	ハーグ
◎ 華沙	ワルシャワ
◎ 杜拜	ドバイ
◎ 馬尼拉	マニラ
◎ 雅加達	ジャカルタ
◎ 吉隆坡	クアラルンプール
◎ 沙撈越	サラワク
◎ 胡志明	ホーチミン
◎ 坎培拉	キャンベラ
◎ 墨爾本	メルボルン
◎ 奧克蘭	オークランド
◎ 新德里	ニューデリー
◎ 旁遮普	パンジャブ

◎ 喀布爾　カブール
◎ 德黑蘭　テヘラン
◎ 華盛頓　ワシントン
◎ 曼哈頓　マンハッタン
◎ 西雅圖　シアトル
◎ 洛杉磯　ロサンゼルス
◎ 舊金山　サンフランシスコ
◎ 芝加哥　シカゴ
◎ 休士頓　ヒューストン
◎ 愛丁堡　エジンバラ
◎ 威靈頓　ウェリントン
◎ 基督城　クライストチャーチ
◎ 紐奧良　ニューオーリンズ
◎ 達拉斯　ダラス
◎ 檀香山　ホノルル
◎ 邁阿密　マイアミ
◎ 溫布頓　ウィンブルドン
◎ 利物浦　リバプール
◎ 莫斯科　モスクワ
◎ 溫哥華　バンクーバー
◎ 渥太華　オタワ
◎ 多倫多　トロント
◎ 魁北克　ケベック

◎ 馬德里	マドリード
◎ 都柏林	ダブリン
◎ 梵諦岡	バチカン
◎ 威尼斯	ベネチア
◎ 諾曼地	ノルマンジー
◎ 蘇黎士	チューリヒ
◎ 日內瓦	ジュネーブ
◎ 慕尼黑	ミュヘン
◎ 萊比錫	ライプチヒ
◎ 漢諾威	ハノーバー
◎ 紐倫堡	ニュルンベルク
◎ 滑鐵盧	ワーテルロー
◎ 奧斯陸	オスロ
◎ 百慕達	バミューダ
◎ 熱那亞	ジェノバ
◎ 開普敦	ケープタン
◎ 維也納	ウィーン
◎ 布拉格	プラハ
◎ 鹿特丹	ロッテルダム
◎ 摩納哥	モナコ
◎ 黎巴嫩	レバノン
◎ 巴格達	バグダッド
◎ 貝魯特	ベイルート

◎ 亞松森	アスンシオン
◎ 太子港	ポルトープランス
◎ 聖母峰	エベレスト
◎ 海參威	ウラジオストック
◎ 高加索	カフカス
◎ 釣魚台	尖閣諸島（せんかくしょとう）
◎ 沖之鳥	沖（おき）の鳥（とり）
◎ 岩黃島	スカボロー礁（しょう）
◎ 加德滿都	カトマンズ
◎ 加爾各答	カルカッタ
◎ 大馬士革	ダマスカス
◎ 普羅旺斯	プロバンス
◎ 巴塞隆納	バルセロナ
◎ 那不勒斯（拿坡里）	ナポリ
◎ 布理斯班	ブリスベーン
◎ 布魯塞爾	ブリュッセル
◎ 赫爾辛基	ヘルシンキ
◎ 哥本哈根	コペンハーゲン
◎ 布達佩斯	ブダペスト
◎ 法蘭克福	フランクフルト
◎ 阿布達比	アブダビ
◎ 聖彼得堡	サンクトペテルブルク
◎ 列寧格勒	レニングラード

◎ 西伯利亞	シベリア
◎ 亞特蘭大	アトランタ
◎ 巴爾迪摩	ボルティモア
◎ 耶路撒冷	エルサレム
◎ 的黎波里	トリポリ
◎ 南沙群島	南(みなみ)シナ海(かい)のスプラトリー諸島(しょとう)
◎ 特拉維夫	テルアビブ
◎ 加泰隆尼亞	カタルーニャ
◎ 阿姆斯特丹	アムステルダム
◎ 斯德哥爾摩	ストックホルム
◎ 里約熱內盧	リオデジャネイロ
◎ 布宜諾斯艾利斯	ブエノスアイレス

◎常見山脈名稱對照用語◎

【中文】	【日文】
◎ 玉山	玉山(ぎょくざん)
◎ 阿里山	阿里山(ありざん)
◎ 富士山	富士山(ふじさん)
◎ 長白山	長白山(ちょうはくさん)、白頭山(はくとうさん)
◎ 聖母峰	エベレスト
◎ 伯朗峰	モンブラン

◎ 侏羅山　　ジュラ山脈（さんみゃく）

◎ 落磯山脈　　ロッキー山脈（さんみゃく）

◎ 内華達山　　シエラネバダ山脈（さんみゃく）

◎ 高加索山　　カフカス山脈（さんみゃく）

◎ 安地斯山　　アンデス山脈（さんみゃく）

◎ 維蘇威火山　　ベスビオ山（さん）

◎ 阿爾卑斯山　　アルプス山脈（さんみゃく）

◎ 喜馬拉雅山　　ヒマラヤ山脈（さんみゃく）

◎ 吉力馬扎羅山　　キリマンジャロ山（さん）

◎常見海灣、河川、湖泊名稱對照用語◎

【中文】　　【日文】

◎ 東海　　東（ひがし）シナ海（かい）

◎ 南海　　南（みなみ）シナ海（かい）、南海（なんかい）

◎ 北海　　北海（ほっかい）

◎ 日本海　　日本海（にっぽんかい）、東海（とうかい）

◎ 長江　　長江（ちょうこう）、揚子江（ようすこう）

◎ 黃河　　黄河（こうが）

◎ 恒河　　ガンジス川（がわ）

◎ 羅布泊　　ロブノール

◎ 湄公河　　メコン川（がわ）

◎ 愛琴海　　エーゲ海（かい）

◎ 多瑙河　　ドナウ川（がわ）

◎ 萊茵河	ライン川（がわ）
◎ 塞納河	セーヌ川（がわ）
◎ 珍珠港	パールハーバー
◎ 波斯灣	ペルシャ湾（わん）
◎ 安大略湖	オンタリオ湖（こ）
◎ 貝加爾湖	バイカル湖（こ）
◎ 維多利亞湖	ビクトリア湖（こ）
◎ 田納西河	テネシー川（がわ）
◎ 底格里斯河	チグリス川（がわ）
◎ 幼發拉底河	ユーフラテス川（がわ）
◎ 台灣海峽	台湾海峡（たいわんかいきょう）
◎ 白令海峽	ベーリング海峡（かいきょう）
◎ 孟加拉灣	ベンガル湾（わん）
◎ 墨西哥灣	メキシコ湾（わん）
◎ 亞馬遜河	アマゾン川（がわ）
◎ 泰晤士河	テムズ川（がわ）
◎ 巴拿馬運河	パナマ運河（うんが）
◎ 蘇彝士運河	スエズ運（うん）河(が)
◎ 麥哲倫海峽	マゼラン海 峡（かいきょう）
◎ 麻六甲海峽	マラッカ海峡（かいきょう）
◎ 赫姆茲海峽	ホルムズ海峡（かいきょう）
◎ 直布羅陀海峽	ジブラルタル海峡（かいきょう）
◎ 尼加拉瓜瀑布	ナイアガラ滝（たき）

◎ 博斯普魯斯海峽　　ボスポラス海峡（かいきょう）

◎常見人名暨官銜對照用語篇◎

【中文】	【日文】
◎ 甘地	ガンジー
◎ 牛頓	ニュートン
◎ 海涅	ハイネ
◎ 康德	カント
◎ 尼采	ニーチェ
◎ 杜威	デューイ
◎ 歌德	ゲーテ
◎ 雨果	ユゴー
◎ 高更	ゴーガン
◎ 梵谷	ゴッホ
◎ 達利	ダリ
◎ 貓王	エルビス・プレスリー
◎ 成龍	チャキーチェン
◎ 李小龍	ブルスリー
◎ 哥倫布	コロンブス
◎ 達文西	ダビンチ
◎ 畢卡索	ピカソ
◎ 伽利略	ガリレイ
◎ 達爾文	ダーウィン

◎ 愛迪生	エジソン
◎ 愛默生	エマーソン
◎ 哥白尼	コペルニクス
◎ 恩格斯	エンゲルス
◎ 黑格爾	ヘーゲル
◎ 馬克斯	マルクス
◎ 伏爾泰	ボルテール
◎ 泰戈爾	タゴール
◎ 拿破崙	ナポレオン
◎ 笛卡兒	デカルト
◎ 柏拉圖	プラトン
◎ 安徒生	アンデルセン
◎ 狄更斯	ディケンズ
◎ 蕭柏納	バーナードショー
◎ 普希金	プーシキン
◎ 賽珍珠	パールバック
◎ 福克納	フォークナー
◎ 貝多芬	ベートーベン
◎ 莫札特	モーツァルト
◎ 卓別林	チャップリン
◎ 希特勒	ヒトラー
◎ 邱吉爾	チャーチル
◎ 羅斯福	ルーズベルト

◎ 墨索里尼	ムッソリーニ
◎ 蘇格拉底	ソクラテス
◎ 阿基米得	アルキメデス
◎ 莎士比亞	シェークスピア
◎ 愛因斯坦	アインシュタイン
◎ 馬克吐溫	マークトウェイン
◎ 亞里士多德	アリストテレス
◎ 柴可夫斯基	チャイコフスキー
◎ 米開蘭基羅	ミケランジェロ

【中文】	【日文】
◎ 蔡英文總統（台）	蔡英文総統（さいえいぶんそうとう）
◎ 習近平總書記（大陸）	習近平国家主席（しゅうきんぺいこっかしゅせき）
◎ 李克強總理（大陸）	李克強首相（りこきょうしゅしょう）
◎ 安倍晉三前首相（日）	安倍晋三前首相（あべしんぞうぜんしゅしょう）
◎ 菅義偉首相	菅義偉首相（すがよしひでしゅしょう）
◎ 文在寅總統（韓）	ブン・ゼイン大統領（だいとうりょう）
◎ 金正恩朝鮮勞動黨委員長	キムジョンウン朝鮮労働党委員長（ちょうせんろうどうとういいんちょう）
◎ 杜特蒂總統（菲律賓）	トゥテルテ大統領（だいとうりょう）
◎ 李顯龍總理（新加坡）	李顕龍首相（りーせんろんしゅしょう）
◎ 佐科威總統（印尼）	ジョコ・ウィドド大統領（だいとうりょう）
◎ 拜登總統（美）	バイデン大統領（だいとうりょう）
◎ 賀錦麗副總統（美）	ハリス副大統領（ふくだいとうりょう）

◎ 杜魯道總理（加拿大）	トルドー首相（しゅしょう）
◎ 莫迪首相（印度）	モディル首相（しゅしょう）
◎ 阿塞德總統（敘利亞）	アサド大統領（だいとうりょう）
◎ 卡爾札依總統（阿富汗）	アフマトザイ大統領（だいとうりょう）
◎ 馬蘇姆總統（伊拉克）	マアスーム大統領（だいとうりょう）
◎ 納唐雅胡首相（以色列）	ネタヤフ首相（しゅしょう）
◎ 厄爾多安總統（土耳其）	エルドアン大統領（だいとうりょう）
◎ 普丁總統（俄）	プーチン大統領（だいとうりょう）
◎ 梅德維傑夫總理（俄）	メドベージェフ総理（そうり）
◎ 強森首相（英）	ジョンソン首相（しゅしょう）
◎ 梅克爾總理（德）	メルケル首相（しゅしょう）
◎ 馬克宏總統（法）	マクロン大統領（だいとうりょう）
◎ 達賴喇嘛	ダライラマ
◎ 翁山蘇姬國家顧問（緬甸）	ウォンサンスーチー国家顧問（こっかこもん）
◎ 方濟各（教宗）	フランシスコ（ローマ教皇（きょうこう））
◎ 發言人	スポークスマン
◎ 白宮發言人	大統領報道官（だいとうりょう　どうかん）
◎ 國務院發言人	国務省報道官（こくむしょうほうどうかん）
◎ 國務卿（美）	国務長官（こくむちょうかん）
◎ 國防部長（美）	国防長官（こくぼうちょうかん）
◎ 財政部長（美）	財務長官（ざいむちょうかん）
◎ 商務部長（美）	商務長官（しょうむちょうかん）
◎ 勞工部長（美）	労働長官（ろうどうちょうかん）

◎ 衛生部長（美）	厚生長官
◎ 司法部長（美）	司法長官
◎ 能源部長（美）	エネルギー長官
◎ 農業部長（美）	農業長官
◎ 教育部長（美）	教育長官
◎ 交通部長（美）	運輸長官
◎ 貿易代表署（美）	貿易代表機構（USTR）
◎ 副國務卿	国務副長官
◎ 助理國務卿	国務次官補
◎ 白宮幕僚長	大統領首席補佐官
◎ 聯準會主席	連邦準備制度理事会議長（FRB）
◎ 聯合國秘書長	国連事務総長
◎ 美國國家安全顧問	国家安全保障担当補佐官

<ruby>こうせいちょうかん</ruby>

<ruby>しほうちょうかん</ruby>

<ruby>きょういくちょうかん</ruby>

<ruby>うんゆちょうかん</ruby>

<ruby>ぼうえきだいひょうきこう</ruby>

<ruby>こくむふくちょうかん</ruby>

<ruby>こくむじかんほ</ruby>

<ruby>だいとうりょうしゅせきほさかん</ruby>

<ruby>れんぽうじゅんびせいどりじかいぎちょう</ruby>

<ruby>こくれんじむそうちょう</ruby>
<ruby>こっかあんぜんほしょうたんとうほさかん</ruby>

◎常見機構暨媒體名稱對照用語篇◎

【中文】	【日文】
◎ TPP11	TPP11（環太平洋戦略的経済連携協定）、
(跨太平洋戰略經濟夥伴協議)	CPTPP
◎ RCEP	アルセプ
(東南亞區域全面經濟夥伴協定)	（東アジア地域包括的経済連携協定）
◎ 亞投行(AIIB)	アジアインフラ投資銀行（AIIB）
◎ 一帶一路	一帯一路
◎ 東協	アセアン（東南アジア諸国連合）

<ruby>かんたいへいようせんりゃくてきけいざいれんけいきょうてい</ruby>

<ruby>ひがし</ruby> <ruby>ちいきほうかつてきけいざいれんけいきょうてい</ruby>

<ruby>とうなん</ruby> <ruby>しょこくれんごう</ruby>

◎ 東協＋3	アセアン＋3	
◎ 歐盟	欧州連合（EU）	おうしゅうれんごう
◎ 歐洲議會	欧州議会	おうしゅうぎかい
◎ 亞歐會議	アジア欧州会議	おうしゅうかいぎ
◎ 世貿組織（WTO）	世界貿易機関（WTO）	せかいぼうえききかん
◎ 國際法院	国際司法裁判所	こくさいしほうさいばんしょ
◎ 亞太經合會（APEC）	アジア太平洋経済協力会議（APEC）	たいへいようけいざいきょうりょくかいぎ
◎ 南錐共同體	メルコスール／南米南部共同市場	なんべいなんぶきょうどうしじょう
◎ 亞洲開發銀行	アジア開発銀行	かいはつぎんこう
◎ 世界衛生組織（WHO）	世界保健機関（WHO）	せかいほけんきかん
◎ 國際刑事法院	国際刑事裁判所	こくさいけいじさいばんしょ
◎ 國際刑警組織	国際刑事警察機構（ICPO）	こくさいけいじけいさつきこう
◎ 國際特赦組織	国際アムネスティー	こくさい
◎ 國際民航組織	国際民間航空機関	こくさいみんかんこうくうきかん
◎ 國際糧農組織	国連食糧農業機関（FAO）	こく　しょくりょうのうぎょうきかん
◎ 石油輸出組織	オペック（OPEC）	
◎ 美洲國家組織	米州機構（OAS）	べいしゅうきこう
◎ 非洲民族議會	アフリカ民族会議（ANC）	みんぞくかいぎ
◎ 美國太空總署	米航空宇宙局（NASA）	べいこうくううちゅうきょく
◎ 世界經濟論壇	世界経済フォーラム	せかいけいざい
◎ 亞太自由貿易區	アジア太平洋自由貿易地域（FTAAP）	たいへいようじゆうぼうえきちいき
◎ 國際原子能總署	国際原子力機関	こくさいげんしりょくきかん
◎ 非政府組織（NPO）	非政府組織（NPO）	ひせいふそしき

◎ 民間非營利組織（NGO）　民間非営利組織（NGO）

◎ 經濟合作開發組織　経済協力開発機構（OECD）

◎ 歐洲復興開發銀行　欧州復興開発銀行

◎ 加勒比海共同市場　カリブ共同体

◎ 北美自由貿易協定　北米自由貿易協定（NAFTA）

◎ 北大西洋公約組織　ナトー（NATO）

◎ 聯合國高級難民公署　国連難民高等弁務官

◎ 朝鮮半島能源開發組織　朝鮮半島エネルギー開発機構（KEDO）

◎ 太平洋盆地經濟理事會　太平洋経済委員会

◎ 太平洋經濟合作理事會　太平洋経済協力会議

◎ 環太平洋經濟合作協定　環太平洋経済連携協定（TPP）

◎常見外媒及智庫名稱對照◎

【中文】	【日文】
◎ 新華社（中國）	新華社通信
◎ 共同通訊社（日）	共同通信
◎ 時事通訊社（日）	時事通信
◎ 美聯社（美）	AP通信
◎ 彭博社（美）	ブルームバーグ通信
◎ 合衆國際社（美）	UPI通信
◎ 美洲通訊社（阿根廷）	テラム通信
◎ 路透社（英）	ロイター通信
◎ 法新社（法）	AFP通信

◎ 塔斯社（俄）	タス通信（つうしん）
◎ 紐約時報	ニューヨークタイムズ
◎ 華爾街日報	ウォールストリートジャーナル
◎ 芝加哥論壇報	シカゴトリビューン
◎ 泰晤士報	タイムズ紙（し）
◎ 費加羅報	ルフィガロ紙（し）
◎ 南華早報	サウスチャイナモーニング
◎ 閣樓	ペントハウス
◎ 花花公子	プレイボーイ
◎ 讀者文摘	リーダーズダイジェスト
◎ 經濟學人	エコノミスト
◎ 新聞週刊	ニューズウィーク
◎ 半島電視台	アルジャジーラ
◎ 美國財富雜誌	米経済誌（べいけいざいし）フォーチュン
◎ 全美記者俱樂部	全米記者（ぜんべいきしゃ）クラブ
◎ 智庫	シンクタンク
◎ 蘭德研究所（美）	ランド研究所（けんきゅうしょ）
◎ 胡佛研究所（美）	フーバー研究所（けんきゅうしょ）
◎ 美國傳統基金會	ヘリテージ財団（ざいだん）
◎ 布魯金斯學會（美）	ブルッキングス研究所（けんきゅうしょ）
◎ 卡内基國際和平基金會（美）	カーネギー国際平和基金会（こくさいへいわききんかい）
◎ 戰略與國際研究中心（美）	戦略国際問題研究所（せんりゃくこくさいもんだいけんきゅうしょ）（CSIS）
◎ 英國皇家國際研究中心	王立国際問題研究所（おうりつこくさいもんだいけんきゅうしょ）（RIIA）

◎ 三菱綜合研究所　三菱総合研究所（みつびしそうごうけんきゅうしょ）

◎ 東京財團基金會　東京財団基金会（とうきょうざいだん き きんかい）

◎ 日本國際問題研究所　日本国際問題研究所（に ほんこくさいもんだいけんきゅうしょ）

◎ 臺灣經濟綜合研究院　台湾経済総合研究院（たいわんけいざいそうごうけんきゅういん）

◎ 財團法人台灣民主基金會　財団法人台湾民主基金会（ざいだんほうじんたいわんみんしゅ き きんかい）

◎ 政大國際關係研究中心　政治大学国際関係研究センター（せい じ だいがくこくさいかんけいけんきゅう）

◎ 中國社會科學院　中国社会科学院（ちゅうごくしゃかい か がくいん）

◎ 中國國際問題研究所　中国国際問題研究所（ちゅうごくこくさいもんだいけんきゅうしょ）

◎常見大學名稱對照用語篇◎

【中文】　【日文】

◎ 哈佛大學（美）　ハーバード大学（米）（だいがく／べい）

◎ 史丹福大學（美）　スタンフォード大学（米）（だいがく／べい）

◎ 耶魯大學（美）　エール大学（米）（だいがく／べい）

◎ 加州理工大學（美）　カリフォルニア工科大学（米）（こう か だいがく／べい）

◎ 加州大學柏克萊分校(美)　カリフォルニア大学バークレー校（米）（だいがく／こう／べい）

◎ 劍橋大學（英）　ケンブリッジ大学（英）（だいがく／えい）

◎ 麻省理工學院（美）　マサチューセッツ工科大学（米）（こう か だいがく／べい）

◎ 牛津大學（英）　オックスフォード大学（英）（だいがく／えい）

◎ 加州大學舊金山分校(美)　カリフォルニア大学サンフランシスコ校（米）（だいがく／こう／べい）

◎ 哥倫比亞大學（美）　コロンビア大学（米）（だいがく／べい）

◎ 密西根大學（美）　ミシガン大学（米）（だいがく／べい）

◎ 加州大學洛杉磯分校（美）	カリフォルニア大学ロサンゼルス校（米）
◎ 賓夕法尼亞大學（美）	ペンシルベニア大学（米）
◎ 杜克大學（美）	デューク大学だいがく（米べい）
◎ 普林斯頓大學（美）	プリンストン大学（米）
◎ 東京大學（日）	東京大学（日本）
◎ 倫敦大學皇家學院（英）	ロンドン大学インペリアル・カレッジ(英)
◎ 多倫多大學（加）	トロント大学（カナダ）
◎ 康乃爾大學（美）	コーネル大学（米）
◎ 芝加哥大學（美）	シカゴ大学（米）
◎ 瑞士聯邦理工大學蘇黎世分校（瑞）	スイス連邦工科大学チューリヒ校（スイス）
◎ 華盛頓大學西雅圖分校（美）	ワシントン大学シアトル校（米）
◎ 加州大學聖地牙哥分校（美）	カリフォルニア大学サンディエゴ校（米）
◎ 約翰霍普金斯大學（美）	ジョンズ・ホプキンズ大学（米）
◎ 倫敦大學大學院（英）	ロンドン大学ユニバーシティー・カレッジ（英）
◎ 瑞士聯邦理工大學洛桑分校（瑞）	スイス連邦工科大学ローザンヌ校（スイス）
◎ 德州大學奧斯汀分校（美）	テキサス大学オースティン校（米）
◎ 威斯康辛大學馬迪遜分校（美）	ウィスコンシン大学マディソン校（米）
◎ 京都大學（日）	京都大学（日本）
◎ 明尼蘇達雙子城分校（美）	ミネソタ大学ツインシティー校（米）

◎ 喬治城大學（美）　ジョージタウン大学（だいがく）

◎ 長春藤聯盟（美）　アイヒリーグ

◎ 倫敦政經學院（英）　ロンドン・スクール・オブ・エコノミクス

◎ 蘭德研究所（美）　ランド・コーポレーション

◎ 美國傳統基金會　ヘリテージ財団（ざいだん）

◎ 美國布魯斯金研究所　米（べい）ブルッキングズ研究所（けんきゅうしょ）

◎常見品牌暨公司名稱對照用語篇◎

【中文】　【日文】

（汽車）

◎ 豐田　トヨタ

◎ 本田　本田（ほんだ）

◎ 歐寶　オペル

◎ 通用　GM

◎ 別克　ビュイック

◎ 標緻　プジョー

◎ 賓士　ベンツ

◎ 寶馬　BMW

◎ 林肯　リンカーン

◎ 雷諾　ルノー

◎ 凌志　レクサス

◎ 蓮花　ロータス

◎ 特斯拉　テスラ

◎ 保時捷	ポルシェ
◎ 雪鐵龍	シトロエン
◎ 五十鈴	いすゞ
◎ 速霸陸	スバル
◎ 勞斯萊斯	ロールスロイス
◎ 普利斯通	ブリジストン
◎ 戴姆勒克萊斯勒	ダイムラークライスラー

（香菸）

◎ 佳寶	キャビン
◎ 駱駝	キャメル
◎ 三五	スリーファイブ
◎ 七星	セブンスター
◎ 登喜路	ダンヒル
◎ 萬寶路	マルボロ

（時尚名牌）

◎ Gucci	グッチ
◎ 鱷魚	ラコステ
◎ POLO	ポロ
◎ 芬迪	フェンディ
◎ 亞曼尼	アルマーニ
◎ 普拉達	プラダ
◎ 愛馬仕	エルメス
◎ 香奈兒	シャネル

◎ 蒂芙尼	ティファニー
◎ Levis	リーバイス
◎ 黛安芬	トリンプ
◎ 華歌爾	ワコール
◎ Burberry	バーバリー
◎ 范倫鐵諾	バレンチノ
◎ 皮爾卡登	ピエールカルダン
◎ 路易威登	ルイウィトン

（化妝品）

◎ 雅芳	エイボン
◎ 高思	コーセー
◎ 旁氏	ポンズ
◎ 藍蔻	ランコム
◎ 寶麗	ポーラ
◎ 資生堂	資生堂（しせいどう）
◎ 植村秀	植村秀（うえむらしゅう）
◎ 佳麗寶	カネボウ
◎ 索菲娜（花王旗下品牌）	ソフィーナ
◎ 妮維雅	ニベア
◎ 露得清	ニュートロジーナ
◎ 露華濃	レブロン
◎ 歐萊雅	ロレアル
◎ 雅詩蘭黛	エスティローダー

◎ 芭比布朗	ボビーブラウン
◎ 密絲佛陀	マックスファクター
◎ 美伊娜多	メナード

（科技公司）

◎ 谷歌	グーグル
◎ 微軟	マイクロソフト
◎ 百度	バイドゥ
◎ 惠普	ヒューレットパッカード
◎ 雅虎	ヤフー
◎ 三星	サムソン
◎ 華碩	アスース（ASUS）
◎ 華為	ファーウェイ
◎ 富士康	フォックスコン
◎ 富士通	富士通（ふじつう）
◎ 台積電	TSMC
◎ 愛普生	エプソン
◎ 易利信	エリクソン
◎ 甲骨文	オラクル
◎ 英特爾	インテル
◎ 亞馬遜	アマゾン・ドット・コム
◎ 西門子	シーメンス
◎ 諾基亞	ノキア
◎ 飛利浦	フィリップス

◎ 麥金塔	マッキントッシュ
◎ 摩托羅拉	モトローラ
◎ 蘋果電腦	アップルコンピュータ
◎ 宏碁電腦	エイサー（Acer）
◎ 戴爾電腦	デルコンピュータ
◎ 思科系統	シスコシステムズ
◎ 高通通訊	クアルコム
◎ 中興通訊	ZTE
◎ 趨勢科技	トレンドマイクロ
◎ 德州儀器	テキサスインスツルメンツ
◎ 賽門鐵克	シマンテック
◎ 阿里巴巴	アリババ
◎ 螞蟻集團	アントグループ

作者簡介 蘇定東

學歷：日本國立筑波大學地域研究科日本研究專攻碩士
中國文化大學日本研究所肄業
中國文化大學日文系畢業

現職：外交部公衆外交協調會特語翻譯科資深日文翻譯（總統、副總統、行政院長、立法院長、各部會首長等政要之日文翻譯官。歷任陳水扁總統及馬英九總統、蔡英文總統暨歷任行政院長及立法院長等政要之日文翻譯官）

兼任：中國文化大學推廣部中日口、筆譯課程講師
外交部外交學院日語口譯課程講師
台中科技大學日本市場暨商務策略研究所兼任教授、
淡江大學日本研究所業師講座

曾任：中國文化大學日文系兼任講師
中國廣播公司海外部日語節目編導兼日文播音員
（現中央廣播電台）
國立空中大學日文課程講師
故宮博物院日語解說員

著作：常見中日時事對照用語（鴻儒堂出版社）
應用日語寫作格言（擎松出版社）
日本語能力測驗一至四級共四冊（漢湘出版社）
中日逐步口譯入門教室、中日同步口譯入門教室
（鴻儒堂出版社）

譯作：遠藤周作小說精選集（故鄉出版社）

二十一世紀的外食產業（故鄉出版社）

宗教法人之法律與會計（內政部出版品）

宗教法人之法律問題（內政部出版品）

宗教法人之法律諮詢問答（內政部出版品）

宗教法人之登記與實務（內政部出版品）

宗教法人登記實務（內政部出版品）

新地方自治制度之設計（內政部出版品）

日本市町村之合併（內政部出版品）

日本政黨政治資金規正法（內政部出版品）

日本溫泉法規（內政部出版品）等

……等。

國家圖書館出版品預行編目資料

新版常見中日時事對照用語/蘇定東編著. -- 再版. -- 臺北市 : 鴻儒堂出版社, 民110.04
面 ; 公分. -- (日語必備工具叢書)
ISBN 978-986-6230-64-6(平裝)

1.日語 2.新聞 3.詞彙

803.12 110005282

新版常見中日時事對照用語

定價：350元

2021年（民110年）4月再版一刷

著　　者：蘇　定　東
發 行 所：鴻儒堂出版社
發 行 人：黃　成　業
地　　址：台北市博愛路九號五樓之一
電　　話：02-2311-3823
傳　　真：02-2361-2334
郵政劃撥：01553001
E-mail：hjt903@ms25.hinet.net